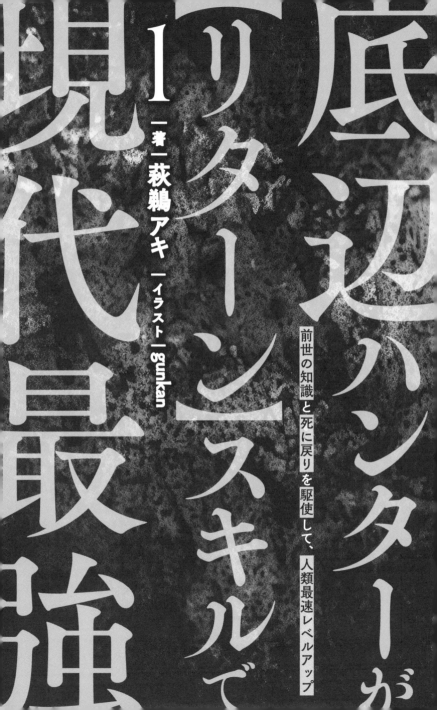

底辺ハンターが
リターンスキルで
現代最強

1

―著― 萩鵜アキ

―イラスト― gunkan

前世の知識と死に戻りを駆使して、人類最速レベルアップ

CONTENTS

プロローグ

「くそ……」

結希明日斗《ゆうきあすと》は、地面に這いつくばりながら空を見上げた。

「くそッ！」

空にはおびただしい数の魔物――。

天使のような純白の翼を広げたそれが、地面を睥睨している。

空に浮かぶ人型に向けて、武装した人間が飛びかかっていく。

一人一人が日本屈指の一流のハンターだ。にも拘わらず、指一本触れることも出来ずに撃墜されていく。

日本の最高の武力ですら、ここまで歯が立たないとは、誰が想像しただろう。

一時間もしないうちに、人型に立ち向かうハンターがいなくなった。首都防衛に立ち上がったハンターすべてが死んでしまったのだ。

とはいえ日本には、名のあるハンターがまだたくさんいる。しかしそのほとんどは、この天の魔物の前に姿を現さない。

「くそっ!!」

明日斗は己の力のなさを嘆いた。

――もし自分に少しでも力があれば……。

十五年前から、突如新たな力を手に入れる人間――覚醒者が現われた。

覚醒した際には、必ずスキルが一つは芽生える。天賦のスキルだ。

明日斗が覚醒して手に入れたものは、使い方がわからないゴミスキルだけ。

使えないスキルしかないハンターに、人権なんてなかった。どこへ行ってもパーティに入れず、決まってガラクタのように遠ざけられた。

ならばと一人で活動するも、限界は早々訪れた。使えるスキルが皆無な明日斗では、まともな戦闘など出来ないのだ。

どれほど頑張っても、中堅パーティの荷物持ち以下の経験しか入らない。まともにレベルが上げられず、新しいスキルだって得られなかった。

そもそも日銭を稼ぐことで精一杯で、ハンターとしてまともに活動する余裕がなかった。

――もっと力があれば、今、指をくわえて見ているだけの屈辱に、奥歯を噛むこともなかった。

天の魔物が、歪な笑いを浮かべた。

それはまるで、自分への嘲笑に感じられた。

――弱者には、生きる権利すらない。

魔物が片手を上げた。

その手のひらに、恐ろしい力が収束する。

力は光の弾になり、みるみる膨張していった。

弾が太陽のような光を放ち、プラズマを逆らせた時だった。

天の魔物は、破滅の力を地上に落とした。

――ただただ、力が欲しかった。

次の瞬間、大地を蒸発させる光とともに、明日斗の意識がかき消えたのだった。

≫条件：スキル主の死亡を確認
≫スキル：〈リターン〉が発動
≫メモリポイントにて復帰します

「――――ッ!?」

意識が覚醒した瞬間、明日斗は息をのんだ。

少し前までは新宿の路地にいたはずだが、現在はビルの屋上に佇んでいた。景色があまりに変化しすぎて、うっかり手すりの向こう側へ落下しそうになる。

バランスを持ち直して、明日斗は視線を上げた。

そこには、何一つ変わらない東京があった。

「東京……滅んだ、んじゃ……」

天には魔物の姿がない。地上もこれまで通り、破壊された形跡がない。
自分の体に触れる。
体は、無事だ。
どこにもおかしなところがない。
「何が……起こったんだ……？」
首をかしげたその時だった。
目の前に、見慣れたウインドウが出現した。

〇名前：結希　明日斗（20）
レベル：1　天性：アサシン
戦力：10　SP：5
所持G：1000
〇身体能力
筋力：2　体力：2　魔力：1
精神：1　敏捷：2　感覚：1
〇スキル
・リターンLv1（0％）

「これは……」

システムボードのステータス画面。ハンターとして覚醒した者が扱える力の一つだ。

現在の数値は、いまでもよく覚えている。覚醒した当初のものだ。このステータスを見て、当時の明日斗は歓喜に沸いたものだ。

『これで俺も、ハンターだ！』

夢が叶ったと思った。その夢が悪夢であると気づくのは、もう少し先のことだったが……。

「なんだ、これ……どういうことだ⁉」

東京が滅ぼされる瞬間、明日斗の能力はレベル9だった。レベルは一度上がれば、よほどのこと――たとえば怪我をして一ヶ月安静にしていた場合などだ――がない限り下がらない。

明日斗はレベルが下がるような行動は起こしていない。にも拘わらず、覚醒時のステータスに逆戻りしていた。

しかし、明日斗が驚いたポイントはそこではない。

ステータスウインドウの前に出現した、ポップアップウインドウに驚いたのだ。

〉〉条件：スキル主の死亡を確認
〉〉スキル：〈リターン〉が発動
〉〉メモリポイントにて復帰します

≫メモリポイントとの距離がありすぎたため
≫ステータス情報がロストしました

それは初めて見るメッセージだった。

ハンターはネット上で情報発信を行っており、ごく希にポップアップが出現するという情報も発信されたことがある。しかし、このようなメッセージはこれまで一度たりとも発信されたことがなかった。

「リターンって、俺のスキルと同じだな。……もしかして、このスキルは俺が――」

「はろー、明日斗！　オイラが見えるか？　聞こえるか？」

「――ッ！」

横から聞こえた愛らしい声に、明日斗は息を呑んだ。

「オイラはお前のガイドを務める、アミィだ。よろしくな！」

「……」

背中に生えた羽、ぱっちりと大きな瞳。ぬいぐるみのように愛らしい輪郭。体長二十センチほどのその生物は、覚醒者にのみ認識出来るシステムガイド――『天使』という愛称で広く知られている。

天使を初めて見た時の明日斗なら、『これがハンターが言ってた天使か！』と興奮したものだ。

しかし現在、その胸にあるのは、全身が震えるほどの憎悪のみ。

（こいつが……）

人間を欺し、陥れ、人類を破滅に追いやった元凶だ。空にひしめいたあの魔物はすべて、ハンターから離脱しこの世に具現化したガイドだったのだ。

自らの元を離れるときの、アミィの蔑んだ目を、明日斗は今でもはっきりと覚えている。

あの時恐怖で凍り付いた激情が、溶けて一気に溢れ出した。

明日斗は天使に手を伸ばす。

しかしその手は天使をすり抜け空を切る。

「なんだよ明日斗。もしかして、握手か？　わりぃな、オイラは別次元の存在だから、直接触れられねぇんだよ」

天使アミィがかわいらしく肩をすくめた。

何も知らなければ、愛玩動物のように無害な生き物だと信じただろう。だが明日斗は、アミィの本性を知っている。

彼らは、人間を信じ込ませた後で、皆殺しにするつもりなのだ。

だからといって、現時点でこの天使をどうにかする術はない。

天使を殺す武器も、魔術もない。どのような攻撃も、彼らに直接ダメージを与えられるものはない。

また、たとえハンターサイトで天使の狙いについて情報を流したところで、誰一人信じてはいないだろう。なぜなら、ハンターが初めて地球に出現した第一次アウトブレイクから五年後の現在、天使を疑うハンターなど、どこにもいないからだ。

皆、天使が無害な共存者であると、すっかり信じ込んでいる。

それだけ天使は巧みに人間の信頼を勝ち取ったのだ。

――そうして最も信頼した瞬間に、地獄の底へ突き落とされた。

「ところで明日斗。いきなり覚醒して困ってんじゃねぇか？　オイラがシステムの説明を――」

「結構だ」

システムについては、熟知している。いまさら説明を受けるものではない。

「い、いやいや、ちゃんと聞いておいた方がいいぜ？」

「いらない」

「絶対に困るから聞いておけよ」

「頼む、黙ってくれ」

「……なんて奴だ！」

驚愕に目を見開く天使をよそに、明日斗は思考を巡らせる。

（さっきのポップアップ、それにこの状況）

東京が滅んだのは、明日斗が覚醒してから十年ほど後だ。もしここが現実なら、十年前に戻ってきたことになる。

（ここは確か……IT会社だったっけ？）

覚醒時、明日斗はとある会社の面接に訪れていた。日雇い労働生活から抜け出すために、まともな仕事を探している途中だった。

（そうだ、思い出した。面接の手応えが悪すぎて、落ち込んでたんだっけ）

『大学を卒業してなければ、20才なのに正社員の経験もなし』

『やる気があるとか、人一倍努力するとか、それ、みんな出来てて当たり前のことだから』

『性格、真面目ねえ。真面目なのに、正社員経験はないんだ？　本当は不真面目なんじゃない？』

『……で、君、なんでうちの面接に来たの？』

ほとんど嫌味と説教で終わった面接だった。傷心した明日斗は、せめて良い会社のビルの屋上から見える街の風景を、目に焼き付けようと思ったのだった。

「まさか、これまでどうやっても使えなかったゴミスキルが、最後の最後で発動するとは」

スキルの発動条件が『自分が死亡すること』だったなんて、死ぬまで気づきようがない。

しかし、これはチャンスだ。

以前は覚醒時からカースト上位へのレールを外れてしまったが、今は違う。

今の明日斗には未来の知識がある。

まだ誰も知らないスキルや、攻略法を心得ている。

——それに、滅びの未来も。

(今から頑張れば、強くなれる！)

破滅を受け入れることしか出来ない未来を、否定する。

そのためにも、誰よりも強くならなければならない。

「ああ、説明する前に始まっちまった！」

「……」

アミィの逼迫した声を聞き、明日斗は視線を上げた。

屋上から見える街の中に、次々と赤い光が出現する。

――ゲートだ。

ゲートは、異界に通じる次元の裂け目だ。

ゲートを抜けると、別の世界か、はたまた次元の狭間に侵入する。中には地球にはいない生命体
――魔物が生息している。

出現したゲートを放置すると、一週間ほどでゲートが完全に繋がり、中から魔物が溢れ出す。

そうならないよう、ゲートに足を踏み入れ魔物を殲滅、ゲートを消滅させる。それが、ハンターの主な仕事だ。

現在出現しているゲートは、即時ブレイク型のもので、総数は百を超える。

このように、一度に大量のゲートが繋がる現象を、人類はこう名付けた。

――アウトブレイク。

アウトブレイク時は、覚醒者が出現しやすくなる。

第一次アウトブレイクは、現在から五年前。そのタイミングで、世界中で次々とハンターが生まれた。

今、明日斗が覚醒したのは、この第二次アウトブレイクによるものだ。

さておき、もうすぐゲートから魔物が現われる。

（たしか、第二次アウトブレイクの魔物は……グレイウルフだな）

鋭い牙と爪を持つ犬型の魔物が、もうすぐゲートから解き放たれる。前回は多くの市民が犠牲になった。きっと、今回もそうなるはずだ。

（――でも、犠牲者を少しでも減らすことは出来る！）

明日斗はすぐさまステータスボードを横にスワイプした。

すると画面が切り替わり、ゴールドショップが表示された。

「あ、あれっ、なんでゴールドショップを知ってんだ？」

「ネットに情報がアップされてるからな」

「なるほど。んじゃあ今すぐ武器を買えよ。武器がないと魔物は倒せねぇからな！　ちなみにオイラのおすすめの武器は――」

「いらん」

「ぐぎぎ……なんて傲慢な奴なんだ……」

つぶやきを無視して、すらすらとショップ内を検索する。

アミィが薦める武器は非常に有用だ。切れ味が鋭く、また明日斗の天性に合っていて扱いやすい。

しかし、その値段は１０００Ｇ。

一度にすべてのゴールドを使い切れば、他の商品――スキルが購入出来なくなる。

武器があっても、スキルがなければハンターとしては致命的だ。それを、前回の人生で痛いほど思い知った。

だからこそ、明日斗はアミィの声に耳を塞ぐ。

今必要なのは、天使の言葉ではない。先人の知恵だ。

ショップには非常にたくさんの商品が並んでいる。武器や防具から、スキルまで。その総数は数百万と言われている。その中からお目当てのアイテムを探すのは至難の業だ。

しかし商品検索を使って、明日斗は唯一記憶にあるアイテムを素早くカートに放り込んでいく。

○インベントリ・カート
・スキルスクロール99642５番　９００G
・スキルスクロール02351４番　50G
・犬笛　10G
・トーチ　10G
・水　10G
○合計　９８０G

〉〉購入しますか？

〉〉YES／NO

「えっ、なんでそのスキルなんだよ？　いやいや、もっと有用なスキルが……じゃない、番号を見ただけじゃ、何のスキルなのかわからないだろ！　なんでそれを選んだんだよ⁉」

「顔が崩れてるぞ」

「黙れ。そんなことより、答えろ。なんでそんな博打みたいなことをするんだ！　武器を買わなきゃ、魔物は倒せないだろ⁉」

「さて、それはどうかな」

アミィの忠告を無視して、明日斗は『ＹＥＳ』ボタンをタップした。

「ああ、やっちまったな……」

すぐにカートを開き、スキルを使用した。

>>スキルスクロール99642５番を使用
>>〈記憶再生〉を習得しました
>>スキルスクロール023514番を使用
>>〈跳躍〉を習得しました

「これでよしっ！」

人間、誰しも時とともに記憶は薄れていく。その記憶を、はっきり思い出せるようになるスキルが〈記憶再生〉だ。

これは過去を思い出す効果しかなく、ハンターにとっては優先度の高いスキルとは言えない。

普通のハンターならば、〈記憶再生〉よりももっと別の有用なスキルを取る。

だが、明日斗にとっては違う。これがあれば、現在はまだ知られていない情報や、確立されていない戦闘方法など、詳細に思い出せるようになる。

〈記憶再生〉は、今世で明日斗が生き抜くためには絶対に欠かせないスキルだった。

「〈記憶再生〉と〈跳躍〉なんて。これはもう、詰みだな……」

まるで、受け持った取引先が不渡りを出した営業マンのように、アミィは青ざめた顔で首を振った。

その態度には嘘はないように感じられる。

(もしかして、これがアミィの素の表情なのか？　……いいや、考えるのは後だ)

今は、人的被害を食い止めるのが先決だ。

明日斗はステータスを割り振りながら、素早く階段を駆け下りる。

○名前：結希　明日斗（20）
レベル：1　天性：アサシン
ランク：G　SP：5→0
所持G：20
○身体能力
筋力：2　体力：2　魔力：1
精神：1　敏捷：2→7　感覚：1

〇スキル
・跳躍Lv1（0％）
・記憶再生Lv1（1％）
・リターンLv1（0％）

「くっ、体が重たいな……」

十年後の明日斗は、レベルが9だった。

決して怠けていたわけではない。自分に出来る最大の努力をした。それでも、十年間でたった8つしかレベルを上げることが出来なかった。

上位ハンターは、レベル70を優に超えていたというのに、だ。上と比較すると、恥ずかしくなる。

――自分はいったい、何をしていたんだ！

黒い感情がもたげるのを、必死に振り払う。

今は鬱屈している場合じゃない。

明日斗は目的地に向かい、緊急事態警報がけたたましく鳴り響く街中を全力で走る。同時に、ショップインベントリから犬笛を取り出し、力任せに吹いた。

〇犬笛
説明：犬を呼び寄せる魔道具の笛。ひとたび吹けば、たくさんのワンちゃんに囲まれること間違い

なし！　ワンちゃんにもふもふされたい方は是非購入を！

するとすぐに、様々な方向からグレイウルフが明日斗に襲いかかってきた。

「うわっ、この笛、反応良すぎ……」

一体のグレイウルフが襲いかかてきた。

「うわ、危なッ！」

寸前のところで〈跳躍〉。

塀に飛び乗り回避した。

周りには既に五体のグレイウルフがいる。レベル１で、武具もないハンターにとっては絶体絶命の状況だ。にも拘わらず、明日斗はさらに犬笛を吹き鳴らした。

「まだまだ！」

塀の上を走り、〈跳躍〉。

グレイウルフに囲まれないよう気をつけながら走り抜ける。

時々回り込まれそうになったら即座に〈跳躍〉。

次第にスキルの熟練度が上がり、〈跳躍〉出来る距離も伸びてきた。

（これなら、いけるか）

〈跳躍〉で七メートルほど飛べるようになった頃、明日斗は目的地に到着した。

そこは少し前に廃業した、ガソリンスタンドだ。

作戦決行にこれ以上ふさわしい場所はない。

スタンドの屋根に登った明日斗は、息を整えながら周囲を見渡した。近くにはビルが一棟と、建築予定地の空き地。それと民家が並んでいる。

このあたりには、人の姿がほとんどない。警報を聞いて、近くのシェルターに逃げ込んだのだ。

「よかった。人がいたら作戦が使えないところだった」

胸をなで下ろし、明日斗はインベントリを確認しながら、犬笛を鳴らし続ける。

○トーチ
説明：火を灯す魔道具。暗い洞窟探索にぴったり。衝撃に弱いため、乱暴な扱いは厳禁。最大24時間使用で火が消えます。使い捨てタイプ。

○水
説明：100リットル入の、ただの飲料水。味は水道水よりはマシという程度。使用方法簡単、カートから少しずつ注ぐだけ。力加減を間違えると、一気に全部放出するので要注意。

「それで、そのゴミをどうすんだよ?」

「こうするんだよ」

これまで、何度も考えてきた。あの時、ああいう道を選択をしていたら、未来は変わっていただろうか？　こんな方法を使ったら、今とは違う自分だっただろうか？

その夢を、叶えられる瞬間が来た。

過去は変えられない――普通ならば。

明日斗はスキルのおかげで、過去に戻った。

未だにこれが、現実かどうかがわからない。

だが、そんなものはどうだって良かった。

なぜならば今、かつて夢見た最善を選択出来るのだから！

（この音が届く範囲の魔物は、すべてこの場所に呼び寄せる）

明日斗は執拗に犬笛を吹き鳴らし続ける。グレイウルフが次ぎから次へと、ガソリンスタンドに集まってくる。

五分ほどした頃、どれだけ犬笛を吹いても新たなグレイウルフが出現しなくなった。どうやら、犬笛が届く範囲の個体はすべてこの場に集められたようだ。

「……今ここから降りたら秒で骨まで食べられるな」

建物の下には、おびただしいグレイウルフがひしめき合っていた。近くの空き地までびっしり。まるで蠢く絨毯だ。

「もったいぶっておいて、まさか助けを待つつもりじゃねぇだろうな？」

「それも手だな。少し待てば、強いハンターが駆けつけてくるだろうし」

第一次アウトブレイクで覚醒したハンターたちの実力は相当だ。彼らが集まれば、さしたる被害を出さずに、この場にいるグレイウルフを一掃出来るだろう。

「なあんだ。自分から倒すつもりはなかったのか」

「そんな手もあると言っただけだ。だが――」

それは面白いのか？

他人に助けてもらうことが、自分にとっての最善の結果か？

――いいや、違う。

明日斗はハンターになりたかった。

魔物を倒し、人を守る。そんなハンターに、憧れていた。

決して、魔物を前に助けを求めるハンターになりたいわけじゃなかった。

「こんなチャンスを、みすみす逃すのはもったいないだろ」

もしも、だ。

アウトブレイクで出現した魔物をすべて倒せたら、それほど最良のスタートを切れるだろう？

今から数年後、ネットに低ランクモンスターの衝撃的な攻略法がアップされた。その動画を見た明日斗は、心の底から悔やんだ。

（もしあの時これが使えていたら……）

きっと自分はもっと強いハンターになっていただろう。そう思わない夜はなかった。

前回、夢にまで見たシチュエーションを、叶えられる。

その興奮を抑えながら、明日斗は口の端をつり上げた。

「ここのモンスター、全部頂くぞ！」

インベントリの口を開け、明日斗は下に向かって水を一斉に放出した。

たかが百リットルの水をぶちまけたところで、グレイウルフにダメージを与えられるはずもない。

逆に彼らの憎悪を煽るだけだ。

——殺してやる！

激しい敵意が一斉に明日斗に向けられた。

だが、それらを一切を無視してカートからランプを取り出した。

ランプに火を灯し、明日斗は前に掲げた。

「誰が全部頂くって？　お前、舐めてんのか？」

「まあ、見てなって」

そう言って、明日斗は手にしたランプを屋根の上から手放した。

同時に、動く。

全力で走り、屋根の端で全力〈跳躍〉。

「うおおおおお!!」

腕をクロスして、隣のビルのガラスに突っ込む。

——バリィン!!

体のあちこちが、割れたガラスで切り刻まれた。

さらに肩から落下。
一瞬、激痛が走るも、溢れ出したアドレナリンが即座に痛みを消した。
地面を転がり、壁際でうつ伏せになった。
耳を塞ぎ、口を半開きにして呼吸を止めた、次の瞬間だった。
――ッドゴォォォン!!
真っ青な光。地響き、激しい突風が吹き荒れる。
ガラスというガラスが割れ、ビルの中に青い炎が流れ込む。
青い炎は、すぐに白く変化した。
激しい熱気が体を焦がす。
(ぐぅ……ッ!!)
ビルが大きく揺さぶられ続ける。
揺れと、熱が、いつまでも続くように思われた。
だが明日斗はじっと、地獄のような状況に耐え続けた。
ドッ、ドッ、ドッ……。
心音がやけに大きく響く。
やがて、爆風が起こった反対側から、涼しい風が流れ込んできた。
その風が白い煙を外へ流していく。
さらに十秒数えた後、明日斗は止めていた呼吸を再開させた。

「ふぅ。死ぬかと思った」

起き上がると、ビルの内部にあったオフィス用品がすべて吹き飛ばされていた。

どこかでパチパチと音がする。火がくすぶっているのだ。

「お、おい、お前……一体なにをやらかしたんだよ……」

窓の外を見たアミィが、大きく目を見開いている。彼が何に驚いているかは、既に明日斗も想像が付いている。

「決まってるだろ。ハンターの仕事――魔物討伐だ」

外には、先ほどまで外にいたおびただしい数のグレイウルフの死体が散乱していた。

明日斗はこれまで集めたグレイウルフを、爆発で一網打尽にしたのだ。

「いやいや、そうじゃなくて、どうしてランプを落としただけであんな大爆発するんだよ⁉　もしかして、ガソリンに引火でもしたのか？」

「いいや、それは違う」

爆発したのは、ガソリンではない。そもそも廃業済みのスタンドなので、ガソリンなど残っていない。

では、何が爆発したのか？

答えは、ランプだ。

ランプは魔術的な技法で作られた魔道具だ。

燃料には大量の水に触れると激しく反応する魔術物質が使われている。

明日斗がランプを落とした際に本体が破損し、燃料が漏れ出し水に触れ、大爆発を起こしたのだ。

(この方法でグレイウルフを一斉に倒す動画を見たことがあったけど、まさか爆発がここまで大きいとは思わなかったな……)

今から数年後に、うっかりランプを壊してしまった冒険者が偶然発見するまでは、この現象を知っている者はいない。

しかし、未来を知っている明日斗は違う。

(未来の知識を使えば……きっと)

明日斗は空に手をかざし、ぐっと拳を握りしめた。

——誰よりも強くなれる！

「死ぬかと思ったけど、レベルもたくさん上がったし、予想外の収入もあった」

やってよかった。

ステータス画面を見て、明日斗はにっこり微笑むのだった。

〉〉新たな偉業を達成しました

・百体以上の魔物を一度に討伐
報酬：1000G獲得

・アウトブレイクの魔物にとどめを刺す（346／100体）
報酬：筋力＋3

・覚醒してから人類最速でFランクに到達
報酬：敏捷＋3

○名前：結希　明日斗（20）
レベル：1→11　天性：アサシン
ランク：G→F　SP：0→50
所持G：20→1064
○身体能力
筋力：2→5　体力：2　魔力：1
精神：1　敏捷：7→10　感覚：1
○スキル
・跳躍Lv1（51％）
・記憶再生Lv1（1％）
・リターンLv1（0％）

1章　死に戻り、繰り返し、レベルアップ

警察署から出てきた明日斗は、ガシガシと頭をかきながらあくびをした。

「ふわぁ……やっと出てこられた」

グレイウルフの氾濫（後に第二次アウトブレイクと定義される）を無事乗り越えた明日斗は、その足で警察署に向かった。

街中での戦闘行為による器物破損を自首したのだ。

五年前、第一次アウトブレイク発生後に、急遽ハンター法が作られた。ハンター法は覚醒者の武力を縛りながら、一般人を助ける民間戦力として位置づけたのだ。

当然ながら、魔物との戦闘はゲートの内側だけではない。外で戦闘が行われた場合、必ず周囲に被害が及ぶ。

一般人を救うために戦ったハンターが、器物破損で訴えられ、さらに多額の賠償を押しつけられては、誰も一般人のために戦おうなどと思わなくなる。

なので、救済法が整備された。

『民間人を救うために戦い、かつ器物破損させた者が自首した場合は、罰則は与えない』

他にも細かい要件はあるが、大まかにはこの通り運用されている。

大量のグレイウルフを討伐するために、明日斗は廃業したガソリンスタンドにて大爆発を起こした。

結果、近隣住宅の窓ガラスが割れ、隣のビルに大きな被害を与えてしまった。

なので明日斗はハンター法に則り自首した。

(自首しなければ通常通りの罰則が待っている)

「救済法を使うのは初めてだったけど、まさかここまで時間がとられるとは思わなかったな」

取り調べは夕方の六時から、朝の六時――十二時間にも及んだ。

これだけ時間がかかったのは、明日斗がまだハンター登録を済ませていなかったためだ。

「今すぐ帰って眠りたい……」

しかし、睡眠欲を振り切って、明日斗はハンター協会へと向かう。

「なんだよ、寝ないのか?」

「ハンター登録しないといけないんだよ」

基本的に、未登録の覚醒者は法律に守られない。

今回はアウトブレイクの最中――緊急時であったため難を逃れられたが、次はない。なにかあってからでは遅いので、すぐに登録するべきだ。

新宿の一等地にある巨大なビルが、ハンター協会の本部である。

一階は受付フロアで、二階から十階まで武具やアイテムショップが入居している。まるでショッピングモール。ここにはハンターに必要なものがなんでも揃っている。

新規覚醒者受付カウンターには、すでに覚醒者とおぼしき人達が列をなしていた。

普段は希にしか新規覚醒者が現れない。ここまで多いのは、アウトブレイク直後だからだ。

受付を終えると、明日斗は指示通り地下に向かった。

地下には覚醒者の能力を判定するシステムがある。このシステムを使って、本当に覚醒したかどうかを確かめるのだ。

「面倒な法律だな」

「そうしなきゃ、覚醒してない一般人が嘘をついてハンター登録する可能性があるからな」

「それがどうした？　力がない奴が登録したって、魔物に殺されるだけだろ」

命が失われることをなんとも思っていない発言に、明日斗はため息をつく。

こいつにとっては、人間が何人死のうと構わないのだ。

「……それを防ぐんだよ。それに、ハンター証はかなり強力な身分証だ。一般人にハンター証を作らせて、それを他人に売却するとどうなると思う？」

「金になるな」

「間違いないが、それだけじゃ0点だ。答えは『他人になりすませる』だ」

ハンターになれば、ハンター法の恩恵が受けられるようになる。

もし他国の工作員がハンター証を手に入れたら？

ハンター法に守られながら、破壊活動が可能になるのだ。

「人間の世界って面倒くせぇんだな」

「言ってろ」

能力判定ルームに入り、己の順番を待つ。

新規覚醒者のほとんどがGランク登録から始まる。

覚醒直後は、全員レベル1からスタートするからだ。

そこから実戦を経験し、レベルが上がると徐々にランクが上がっていく。ステータス画面のランク表示と同じだ。

しかしステータス画面は他人に見せられないので、こうしてハンター協会が能力を測定する。

測定されたランクはハンター証に印字される。ハンターとしての能力を、協会が保証してくれるのだ。

ランクが印字されるメリットは無数あるが、デメリットもある。

ランクが低いとパーティの募集申し込みで断られることが多い。弱いハンターに人権はないのだ。

『調子に乗ってんじゃねぇぞゴミが！』

『お前みたいなガラクタが、うちのパーティ募集に応募してんじゃねぇよ!!』

「――い、どうした。おいっ」

「ん？」

「ん、じゃねえよ。どうしたんだよ突然、すげぇ怖い顔して」

「いや、なんでもない」

明日斗は首を振る。

かつてあったことを思い返しても仕方がない。

過去は変えられないのだから……。

検査の順番が回ってきた。

巨大な魔石に手を置き、能力チェックを行う。

検査は何事も問題なく終了。ランクの欄に『F』が印字された、真新しいハンター証を胸に、明日斗はハンター協会を後にしたのだった。


「予想通り、新規覚醒者の数が多いですね、主任」

「ああ。やっぱ、覚醒者数とアウトブレイクには相関関係があるようだな」

能力測定室の裏側では、ハンター協会の研究員が慌ただしく動き回っていた。

普段なら測定にやってくるハンターが、ランクの更新も含めて五名いればいい方だ。しかし今日は既に新規測定者だけで百名を超えている。

完全に、アウトブレイクが原因とみて間違いない。

「主任、私たちのルームに回されてるハンターって、新規登録者だけですよね？」

「そうだが、何かあったのか？」

「はい。これを見てください」

後輩が指をさしたモニターには、覚醒者の名前とランクが乗っていた。

「結希明日斗、Fランク……？」

「変ですよね。レベル11以上じゃないとFランクにならないはず。でも新規覚醒者って、全員レベル1からスタートですから――」

「たった一日でレベルを10も上げた？」

「そうなるかと」

これが本当なら、とんでもない奴だ。

覚醒したてのハンターがFランクに至るまでは、平均で三ヶ月かかると言われている。

無論、一ヶ月以内にFランクに到達したハンターは、わずかではあるがいるにはいる。

しかしたった一日でFランクに到達するなど、もはや人の域を超えている。

「今回アウトブレイクで出現したモンスターって、グレイウルフでしたよね」

「ああ」

「レベル1のハンターがFに至るまで、何匹くらい倒せばいいんですかね？」

「……そこまで詳しくは知らんが、二百から三百体くらいか」

「それを一日で？」

「今回のアウトブレイクは日が沈む前に鎮圧完了したから、実質十二時間はかかってないな」

「ハンター一人が一日で倒せるモンスターの最大数って、どれくらいですかね？」

「たしか、１００体くらいじゃなかったか？」

「……」

「……」

計算すればするほど、不可能に思えてくる。

管理室の中には、しばし重苦しい沈黙が流れた。

「……測定ミスでしょうか？」

「いや、システムに不具合はないから、その可能性は低い」

「だとすると、未登録ハンター!?」

「その可能性はある」

覚醒した者はすぐさまハンター協会に届け出て、ハンター登録を行わなければならない決まりになっている。

だが、中には登録をしないハンターが存在する。

未登録ハンターは足が付きづらい。そのため裏世界の住人は、ハンター登録を避ける傾向があるのだ。

「まさか、犯罪専門のハンター……」

「早合点するな。本人が自力でレベルを上げた可能性だってあるんだ」

「その可能性、低くありません？」

「……ギルドが関係してるかもしれない」

「ああ、それはありますね」

大型ギルドなら、新人を一日でFランクまで育成することも可能だ。

ソロでFランクに至るより、そちらの方が現実味がある。

「もし犯罪者だった場合どうします？」

「この情報を上に報告しておけば問題ない」

自分たちの仕事はあくまでシステムを管理し、ハンターの能力を測定することだ。決してハンターの素性を暴くことではない。それは、上の人間に任せればいい。

（もし、結希という奴が本当に、たった一日で、それも自力だけでFランクに至ったのなら――）

主任は椅子の背もたれに体を預け、ぬるくなったコーヒーをすする。

（――この国で最強ハンターの一人になるかもしれんな）


ハンター登録を終えた翌日、明日斗はとある丘の上にやってきた。

「こんなところに来て、どうすんだよ。せっかくハンター登録とやらが終わったのに、ゲートにいかねぇのか？」

「いまゲートに行っても意味ないんだよ」

現在出現しているゲートは、既に他人かハンター協会が所有権を持っている。

ハンター専用サイトのオークションで権利を購入しない限り、勝手にゲートに入るのは法令違反になってしまうのだ。

ゲート以外に、ハンターがレベリング出来る場所が二つある。

――ダンジョンと、〝外〟だ。

ダンジョンは魔物を狩り尽くしても消滅しない空間を指す。

ハンター協会が管理するダンジョンであれば、誰でも入場出来る場所がある。

しかし、

(何度も足を運んだけど、モンスターがポップした瞬間から奪い合いになるんだよなあ……)

入場制限がないせいで、ハンターが密集しすぎているのだ。

かといって協会が管理していないダンジョンもあるが、こちらは大手ギルドが独占しているため、個人では決して入場出来ない。

〝外〟とは、放棄地のことだ。

第一次アウトブレイク後、日本は多くの土地をモンスターに明け渡した。

ゲートはどこであろうと関係なく出現する。人の多い地域は問題ないが、過疎地域ではゲートのブレイクを安定して防げない。

ブレイクして魔物を倒し、またその間にブレイクして……といういたちごっこを続けても、ハンターや住民が疲弊するだけで実りがない。

そのため国は一部地域の放棄を決定し、巨大な壁を建造した。

巨大な壁の外側は、ゲートブレイクにより出現した魔物が跋扈している。そんな外側の地域であれば、自由に狩りが出来る。

しかしCランク以上のハンター証がなければ、門の通行許可が下りない。

――明日斗にとって、最も縁遠い場所だ。

前回の明日斗は、どの選択肢も選べなかった。戦闘用のスキルを持っていなかったし、希少な天性を得たわけでもない。装備を調えるお金だってなかった。

自分と同じ能力のハンターなど五万といたし、自分より優れたハンターも五万といた。

――自分が選ばれる理由が、なかった。

自由な選択肢のない明日斗は、結局十年かかってもレベル9までしか上がらなかった。

しかし、今回は違う。

今の明日斗には、未来の記憶がある。スキル〈記憶再生〉もあって、いつどこで、どのようなゲートが出現するのかがわかる。

たとえば第二次アウトブレイクの翌々日、今から数時間後に、とある丘の上にゲートが出現する。

――この場所だ。

もしゲートを一番最初に発見すれば、そのゲートの所有権が得られる。ハンターサイトを使えば所有権を売却出来るし、自力で攻略することも可能だ。

当然ながら、ゲート売却などつゆほども考えていない。レベルを上げるチャンスなのだ。権利を手放すなんてもったいない。

(自由に出来る力を、存分に活用してやる)

「なあ、お前ほんと、何がしたいんだ？」

「街を見てる」

「はあ」

「……いい眺めだろ？」

「知らん」

つっけんどんなアミィの態度に内心舌打ちをし、明日斗はステータスボードを開いた。

○名前：結希　明日斗（20）
レベル：11　天性：アサシン
ランク：F　SP：50
所持G：1064
○身体能力
筋力：5　体力：2　魔力：1
精神：1　敏捷：10　感覚：1
○スキル
・跳躍Lv1（51％）
・記憶再生Lv1（1％）
・リターンLv1（0％）

（ここに出現するゲートは、たしかFランクのハンターが権利を買って、パーティでクリアしてたな。ソロだと少し厳しいか）

筋力、体力、敏捷は文字通り、肉体の性能を底上げする。

魔力は魔術の威力や使用回数を上げ、精神は魔術への抵抗性を上げる。

感覚は相手の攻撃や気配を察知しやすくなる。

天性がアサシンの明日斗は、筋力、体力、敏捷、感覚をメインに上げて行けば問題ない。

（たしか王道の割合は、筋力2、体力2、敏捷3、感覚1だったか）

ステータスポイントを40割り振り、残る10ポイントは予備として残しておく。

次に画面をスワイプし、ショップを開く。

○カート

・スキルスクロール013245番　100G

・スキルスクロール019486番　500G

・鉄の短剣　300G

○合計　900G

＞＞購入しますか？

＞＞YES／NO

「もっとゴールドがあれば……」

他にも欲しいスキルが山ほどある。せめてあともう少しあれば、と歯がみする。

世の中お金じゃないというが、それは嘘だ。お金がなければ、人としてすら生きられない。それを明日斗は、これまでの人生で身にしみている。

血がにじむような努力をしても、底辺という名の〝沼〟からは抜け出せないのだ。

「今度こそ、まともにお金を稼がないとな……」

せっかく良いスタートを切れたのだ。この状況に満足しては、また苦しい生活に逆戻りだ。

最低限かかせないものだけを取捨選択し、YESボタンをタップする。

「これで、残り164ゴールドか」

ゴールドを増やす方法は、魔物の討伐が基本だ。

討伐で得られるゴールドは、個体のランクによって変化する。

Gランクの魔物なら1体おおよそ0・1G。Fランクなら0・4Gといった具合だ。

先日明日斗は346体のグレイウルフを討伐した。これはGランクであるため、1体あたり0・1G。あれだけ倒しても、残念ながら34Gしか増えなかった。

「いち、じゅう、ひゃく、せん…………はぁ」

自分が欲しいアイテムが購入出来るゴールドまで、一体何体倒せば良いのか。考えると、げんなりする。

明日斗はため息をつきながら、スキルスクロールを使用。短剣をインベントリから取り出した。

○名前：結希　明日斗（20）
レベル：10　天性：アサシン
ランク：F　SP：50↓10
所持G：1064↓164
○身体能力
筋力：5↓15　体力：2↓12　魔力：1
精神：1　敏捷：10↓25　感覚：1↓6
○スキル
・初級短剣術Lv1（0％）
・回避Lv1（0％）
・跳躍Lv1（51％）
・記憶再生Lv1（5％）
・リターンLv1（0％）
○鉄の短剣
攻撃力：5

説明：鉄で出来た、刃渡り三十センチの剣。使いやすいが、切れ味は良くない。丁寧に使わないと簡単に破損する。初心者用にするにも、もうちょっと良い武器があったはずだ。何故これを選んだ。

「なんだこの説明は。喧嘩か？」

何故選んだと疑問を呈すなら、何故ショップに置いたと尋ねたい。

明日斗にとって（購入出来る武器の中では）この短剣がベストチョイスだった。なぜなら使用する武器によって、天性補正がかかるものがあるからだ。

剣士系なら長剣や鎧に、盾士系なら盾や全身鎧に、魔術士系なら杖やローブに補正がかかる。

明日斗はアサシンなので、短剣と軽鎧だ。

Ｅ：鉄の短剣
攻撃力：５＋２

合計して、攻撃力7。同価格帯の長剣と同程度の攻撃力になった。

これでやっと、ハンターらしくなった。

「なんだ、今回は普通のアイテムを買ったんだな」

「なんだって、なんだよ」

「前みたいにびっくりするような無駄アイテムを買うかと思って、楽しみにしてたんだよ」

一瞬、アミィの瞳に不穏な光が見え、すぐに消えた。

もし天使を信頼しているハンターならば見逃していただろう。だが、彼らの狙いを知っている明日斗が、見逃すはずがなかった。

(もしかしてこいつ、俺の行動を天使間で共有するつもりか?)

もし天使間で情報が共有出来るのだとすれば、面倒だ。将来開発される特殊戦法を不用意に試せば、一気に他のハンターに拡散されてしまいかねない。

他のハンターが真似をすれば、明日斗の強みが消えてしまう。

(気をつけないとな)

特別な方法でしか解決出来ない問題でない限りは、普通に戦った方がよさそうだ。

「グレイウルフを倒した時の爆発を使えば、楽にモンスターを倒せるぞ」

「あればっかり使ってたら、いくらレベルが上がっても中身がスカスカになる」

〝中身がスカスカ〟とは、レベルに対してスキル熟練度が著しく低い者を指す。パーティにレベルを引き上げてもらったハンターに多い状態だ。

そのようなハンターは、レベルが半分以下の相手にすら負けることがある。

レベルも大事だが、スキルの熟練も同じだけ大切なのだ。

準備を整え終えた頃だった。ふと、周囲の空気が変化した。

――ゲートが出現する予兆だ。

バチッ、と一度光が弾けた。

次の瞬間、何もない空間に青色のゲートが出現した。

ゲートはそのサイズから、大まかにランクが推測出来る。今回出現したゲートは、人が2人並んで入れるくらいのものだった。

(よかった。予想通り、Fランクっぽいな)

「えっ、あっ?」

明日斗の横では、アミィがゲートの出現に目を白黒させている。

まさかゲートが出現するとは想像もしていなかったのだろう。対して明日斗は冷静に、携帯電話を取りだし、ハンター協会に連絡を入れた。

「おい、お前、何か知ってただろ?」

「何をだよ」

「ゲートが出るってことだよ!」

「知らないさ。ここにいたのは偶々だよ」

「嘘をつけ。お前、ゲートが出現してもちっとも驚いてなかったじゃねぇか」

「驚いたさ。でもたぶん、この前ゲートがたくさん出てくるところを見たから、少しは冷静でいられたんだろうな」

「……ぐぬぬ」

アミィに睨まれ、肩をすくめる。

（自分が欺いている側だから、何かあるとすぐに相手が欺いてると思うんだろうな。まあ、欺いてるのは事実だけど……）

これまで明日斗は、未来の情報を駆使して、新しく出現するゲートの権利を得て、次々と攻略していこうと考えていた。

だがアミィに疑われた今、その方法が採りづらくなった。

まさか、たった一度ゲートの出現現場に居合わせただけで、ここまで疑われるとは思ってもみなかった。

もしこの疑いが確信に変わった場合、アミィがどういう行動に出るかが予想出来ない。

（もしかすると、あの姿になって殺されるかもしれない）

東京が崩壊したあの日、空に浮かんだ無数の敵を思い出し、明日斗の背筋が冷たくなった。

あの敵の身体能力は、わからない。だが、トップクラスのハンターですら、あっさり退けられたことを思うと、最低でもSランク以上の実力があるに違いない。

今の明日斗では、塵すら残らず一瞬で消えるだろう。あるいは、殺さずともこちらの手札を完全に封じる方法などいくらでもある。

（こちらの手札が相手にバレていいのは、最低でもSランクの実力が付いてからだ）

幸い、システム上ロックがかかっているのか、人間だろうと天使だろうと、他人にはステータスが見えない。

（俺には切り札がある）

切り札を上手く利用すれば、いつかは必ずアミィを出し抜ける。それまでは、注意深く立ち回るのが吉だろう。


三十分ほど後、ハンター協会の職員が訪れ、ゲートの権利が正式に明日斗のものになった。

手続きを終えて、明日斗は軽く体を温める。

これから、初めてのゲートでのハントだ。

心拍数が上がる。

指先が、冷たい。

対して胸の奥は、熱い。

深呼吸をして、気持ちを整える。

意識が深く集中した、その時だった。

「――ッ!?」

明日斗は、それを初めて掴んだ。

〉〉メモリポイント設定
〉〉新たにメモリポイントを設置しますか？
・ポイントA　２０３０年４月５日１２：００
・ポイントB　――――

（これは、リターンスキルか？）

ポイントAは一昨日の午後――明日斗が覚醒した瞬間だ。

十年後の未来で死亡し、戻ってきた時間でもある。

（なるほど、一昨日はこのポイントAに戻ったのか。Bがあるってことは、新しくポイントを設置出来るってことか）

一度設置したら動かせない可能性がある。ポイントの設定にわずかに躊躇したが、それよりも、警察署での取り調べやハンター登録などの疲労感が勝った。

（もう一度あれを経験するのは面倒だ……）


＞＞現時点をポイントBにセットしました。
・ポイントA　2030年4月5日12：00
・ポイントB　2030年4月7日12：51　NEW

「おい、何やってんだよ。さっさとゲートに入ろうぜ？」

「――ん、あ、ああ。そうだな」

これで、本当に準備が整った。

明日斗は短剣を抜き、ゲートの中へと足を踏み入れた。

ゲートの中は、洞窟だった。

壁は普通の岩だが、所々二、三センチほどの綺麗な石が埋まっている。この石は魔結晶といい、ゲートの中を照らす照明代わりになっている。

温度が低い。春の陽気に暖められた体が、急速に冷えていく。体が冷え切らないうちに、明日斗は歩みを前に進めた。

少しの異変も見逃さないよう神経をとがらせる。

ふと、前方に気配を感じた。

即座に構える。

じっと向こう側を伺う。

するとほの暗い通路の向こうから、一体の魔物が現れた。

(――コボルト。よかった。Fランクモンスターだ)

敵を発見した瞬間、明日斗は足を強く後ろへ蹴り出した。

〈跳躍〉

一息で十メートルは進んだ。

恐ろしいほど跳躍力が上昇している。ステータスを割り振ったおかげだ。

明日斗の接近に気づいたコボルトが、戦闘態勢をとる。
幸い、武器は持っていない。
四つん這いになり、明日斗を迎撃するつもりだ。
（そうはいくかッ！）
明日斗はさらに速度を上げる。
たったの三秒で、三十メートルの距離をゼロにした。
短剣を振り上げ、
「――ッ！」
急停止。
体をひねり〈回避〉。
明日斗がいた場所を、コボルトの爪が通り抜けた。
もしコンマ一秒でも判断が遅れていれば、今頃物言わぬ骸になっていたに違いない。
だが、危険な攻撃は回避した。
相手はわずかに体勢を崩している。
――チャンスだ。
ひねった体を元に戻す。
その勢いを使って、攻撃。
コボルトの胸に、深々と短剣を突き刺した。

「――ッ!!」

ビクビクビク。

コボルトの体が激しく痙攣。

十秒経った頃、動きが止まった。

さらに十秒数えてから、明日斗はやっと戦闘態勢を解除した。

「………………ふぅ」

戦闘時間はわずかだった。

しかし、額には玉のような汗が浮かんでいる。

日常と戦場は違う。いくらイメージトレーニングをしようと、実戦は想像以上に体力を消耗する。

血振るいをして、短剣を鞘に収めた。

「コボルトを瞬殺するなんて、凄いじゃねぇか！」

「いや、そうでもない。コボルトとの差は僅かだった」

「いやいや、自信を持とうぜ？　初めての戦闘でここまで戦えるなんて、ほんと凄いことなんだからよ！」

「……」

（やけに持ち上げるな）

明日斗は内心訝った。

前回なら少しは勇気づけられたかもしれない。だが今回、明日斗はアミィたちの狙いを知ってしまっている。

彼らの狙いは、人類を滅ぼすことだ。ならば、明日斗が戦えることを、純粋に褒めるはずがない。

では何が狙いか？　さっぱりわからない。

いちいち言葉の裏を考えだすとドツボにはまりそうなので、思考を一旦打ち切った。

○名前：結希　明日斗（20）
レベル：11　天性：アサシン
ランク：F　SP：10
所持G：164
○身体能力
筋力：15　体力：12　魔力：1
精神：1　敏捷：25　感覚：6
○スキル
・初級短剣術Lv1（0%→1%）
・回避Lv1（0%→1%）
・跳躍Lv1（51%→52%）
・記憶再生Lv1（5%→6%）
・リターンLv1（0%）

「おっ、熟練度が結構上がってるな」

たった一度の戦闘で、これほど熟練度が上昇したのは、同格のモンスターとソロで戦っているからだろう。

「これなら、すぐスキルレベル2に上がりそうだ」

一人でも、なんとかなりそうだ。

そう思った次の戦闘の時だった。

全く予想していない事態が発生した。

「嘘だろ!?」

先ほど戦った相手は、コボルトだった。だから、このゲートは普通のコボルトが出てくるものとばかり思っていた。

しかし現在目の前にいる二体のコボルトは、それぞれ武器を手にしていた。

「コボルトソルジャー……」

頭が真っ白になった。

だがすぐに気を取り直し、考える。

(いくらソルジャーといっても、身体能力はコボルトのままのはずだ)

先ほどの戦闘では、まだ若干の余裕があった。さすがに二対一だと分が悪いが、明日斗にはまだステータスポイントが残っている。

これを適切に割り振れば、倒せない相手ではない。
決断し、明日斗はステータスポイントをすべて分配する。

○名前：結希　明日斗（20）
レベル：11　天性：アサシン
ランク：F　SP：10→0
所持G：164
○身体能力
筋力：15→20　体力：12　魔力：1
精神：1　敏捷：25　感覚：6→11
○スキル
・初級短剣術Lv1（1％）
・回避Lv1（1％）
・跳躍Lv1（52％）
・記憶再生Lv1（6％）
・リターンLv1（0％）

この際、体力は捨てた。一撃で倒す力、それに敵の攻撃を察知する感覚を上げればなんとかなる。

その予想は、的中した。

二匹のコボルトソルジャー相手に、明日斗は上手く立ち回る。

短剣を駆使して、攻撃を受け流す。

反対側からの攻撃を回避。

ステップを踏んで回り込み、刺突。これは防がれた。

相手の攻撃を受けるか、回避しながら、隙を見ては攻撃を繰り返す。

だが、あと一歩が届かない。

(くっ！)

攻撃力は足りている。敏捷も、コボルトを上回っている。

だが、倒せない。

身体能力は十分。

足りないのは、スキルだ。

相手のスキルが、明日斗のそれを上回っているのだ。

相手が明日斗の攻撃パターンを覚えたか、徐々に完全にガードされることが多くなってきた。

「はぁ……はぁ……！」

呼吸が熱い。

肺が焼けるように苦しい。

額から、汗が止めどなく流れ落ちる。

「――ッ!?」
気がつけば、明日斗の背中が壁に付いていた。
もうこれ以上、下がれない。
「くっ、くそおおお!!」
こんなところで終わってたまるものか。
明日斗は獣のような雄叫びを上げ、飛びかかる。
壁を利用した跳躍。
速度は十分。
相手の虚を突いた。
片方の胸に、短剣を深々と突き刺した。
「よしっ――――がはっ!!」
しかし、それまでだった。
味方の死にも動じず、もう片方のソルジャーが錆びた剣を明日斗の胸に突き刺した。
――熱い熱い熱い熱い熱い!!
傷口に熱した鉄を突っ込まれたようだ。
激しい痛みに、気が遠くなる。
外側から、視界が欠落する。
その視界の片隅で。

「くっくっく。少しおだてたらあっさり犬死にしやがった。お前、マジ頭弱すぎだろ。もしかして、ちょっとおだてられただけで、自分が強くなったなんて勘違いしやがったのか？　底辺のゴミが勘違いする姿は、見ていて痛々しいな……クハハハハ!!」

明日斗が死ぬとわかった瞬間に、アミィが本音を吐き出した。

なるほど、明日斗をおだてた理由は、自滅が狙いだったのか。

「おま……え……」

「下級生命体ごときが調子に乗るな。さっさと魔物の臭ぇ口の中でくたばれよ。ゴミらしくな！」

「く……そっ……」

――絶対に、忘れないからな。

明日斗の胸の中に、アミィへの激しい怒りがわき上がる。

だが、その感情も数秒で消えた。

明日斗はコボルトに首筋が食いちぎられ、死んだ。

〉〉条件：スキル主の死亡を確認

〉〉スキル：〈リターン〉が発動

〉〉メモリポイントBにて復帰します

「おい、何やってんだよ。さっさとゲートに入ろうぜ？」

「…………」

「おい、どうした？」

「……あ、ああ、いや、なんでもない」

明日斗は胸を押さえながら、アミィの言葉に辛うじて反応を返した。

(ここでバレたら水の泡だ)

アミィへの〝殺意〟を悟られぬよう、必死に感情を落ち着ける。

スキル〈リターン〉が発動し、明日斗は無事過去に戻った。十年後の未来で死亡して、十年前に戻ってきたことから、戦闘で死亡してもメモリポイントに戻れることはわかっていた。

だが、本当に上手くいくかどうか、半信半疑だった。

死に戻りを決行したのは、たんなる博打だ。

なにもここまでしなくても、と思わなくもない。いくらスキルがあるといっても、死ぬのは痛いし、恐ろしい。スキルが発動しない未来を想像すると、臓腑が凍り付く。

無事死に戻って来たって、恐怖がすぐに消えるわけじゃない。今だって、死の恐怖と胸の幻痛でクラクラする。

けれど、スキル〈リターン〉の活用をやめるつもりはない。

前回、明日斗は負け犬だった。どこにもコネがなく、ギルドにも入れず、成長するチャンスすらほとんど得られなかった。

どれほど努力を重ねても、ちっとも成長出来なかった。

ハンターとしての才能が、なかったのだ。

明日斗と同じ境遇のハンターがいた。同じタイミングで覚醒したハンターだ。

彼女には、コネがなかった。ギルドにも入れず、チャンスも得られなかった。

けれどそのハンターは、明日斗とは違い天才だった。

わずかな時間で大きく飛躍した。そして数年後には、最強のハンターの一人として君臨した。

その姿を見て、明日斗は絶望した。同じスタートラインに立っていても、才能の有無でこれほど将来が変わるものなのか、と……。

皆は言う。

『底辺にいる奴は怠け者だ』

でも、それは違う。どれほど努力しても、成果が出ない人間もいるのだ。

実際、血反吐を吐くくらい努力をしても、明日斗は底辺の壁を越えられなかった。

じゃあ、己の無才を受け入れそのまま黙ってやり過ごすか？

――答えは否だ。

明日斗は、人は、死ぬためだけに生まれるわけじゃない。

何かを成すために生まれて来るのだ。

どれほど努力を重ねても、底辺の壁が越えられないなら、次は命を燃やせばいい。

――誰よりも強くなる。
そして、あの天の魔物を一体でも多くこの手で倒すのだ。
ズキン。先ほど刺された胸が疼いた。胸に手を当て、幻痛を堪える。
(天才と同じステージに立つためには、これくらい……なんてことはない)
一度深呼吸をして、明日斗はステータスボードを開いた。

○名前：結希　明日斗（20）
レベル：11→12　天性：アサシン
ランク：F　SP：0→5
所持G：164→165
○身体能力
筋力：20　体力：12　魔力：1
精神：1　敏捷：25　感覚：11
○スキル
・初級短剣術Lv1（1%→23%）
・回避Lv1（1%→17%）
・跳躍Lv1（52%→60%）
・記憶再生Lv1（6%→7%）

・リターンLv1（0％）

「よしっ」

小さくガッツポーズを作る。

これこそが、明日斗が考えていた博打の正体だ。

先日過去に戻ってきた時のことだ。スキル発動のアナウンスとは別に、もう一つウインドウがポップアップしていた。

＞＞メモリポイントとの距離がありすぎたため
＞＞ステータス情報がロストしました

初めは何のことかわからなかったが、情報を整理していく段階で、明日斗は気がついた。

『死に戻るポイントが近ければ、身体能力のデータを引き継げるのではないか？』

その予想が的中した。

ステータスやスキルの値が、ゲートに入る前よりも増加している。おそらくは、死亡時と同等の値だ。

（これは、とんでもない能力だ……）

どれほど格上の相手にも、死を恐れずに挑めるし、以前よりも強い状態から再スタート出来る。

（これまで意味がないと思っていたスキルが、ここまで使えるとは……）

凶悪な性能に、背筋がぞっとする。

反面、デメリットも存在する。

「なんだ、やっと気合いが入ったか？」

「……まあな」

内心を気取られぬよう、明日斗は表情を消してゲートをくぐった。

もしアミィにこのスキルの効果がバレれば、なんとしても明日斗の自由を奪おうとするだろう。

明日斗は、死ねば過去に戻る。

言い換えれば、死なない限りは戻れない。

もし相手に一切手出し出来ず、自死も選べない状態にされれば詰みだ。

それを回避するためにはまず、どのような状況に陥っても『即時〈リターン〉が発動出来る程度の力』を、急ぎ身につける必要がある。

明日斗は短剣を握る拳に力を込めた。

前方から、コボルトが一匹現われた。

それを、先ほどと同じように倒す。

「コボルトを瞬殺するなんて、凄いじゃねぇか！」

先ほどと同じ反応。その裏側にある悪意が、今ならありありと理解出来た。

明日斗はしかめっ面になりそうになるのをぐっと堪える。

アミィの発言を無視して、先へと進んでいく。

今回は、前回よりはスムーズにコボルトを討伐出来た。ステータスが底上げされ、スキルの熟練度も上がったからだ。

（でも、これじゃまだまだ足りないな……）

その予想通り、明日斗はコボルトソルジャーに苦戦を強いられた。

「くっ！」

剣を回避し、攻撃。

しかし、もう一体に防がれる。

その隙に、痛恨の反撃を受けてしまった。

＞＞条件：スキル主の死亡を確認
＞＞スキル：〈リターン〉が発動
＞＞メモリポイントBにて復帰します

（さっきは足運びが良くなかったな）

きっちり反省して、明日斗は次に生かす。

ソルジャーとの戦いは先ほどと同じように、相手が終始主導権を握ったまま戦闘が進んでいく。

体力が消耗して、息が上がる。

けれど、前とは違う点が見えてきた。

(相手の動きが、見える)

いきなり動体視力が上がったわけではない。

一度目は、初めての手合いということで、緊張していた。

二度目は気合いが入りすぎて、肩に力が入っていた。

三度目でやっと、悪い力みや緊張がほぐれた。

全体の動きを俯瞰出来るし、思考を巡らせる余裕も、若干だが存在する。

全く同じ状況、同じ状態を比較することで、明日斗は己の成長を実感した。

――面白い。

Fランクのハンターが、ソロで戦うには不利な相手だ。

しかし、決して倒せないわけではない。

上手く頭を回せば、手を動かせば、足を運べば――戦闘から完璧に学べば、勝利に手が届く。

それがわかるからこそ、明日斗は興奮する。

脳内に大量のアドレナリンが分泌される。

集中力が高まり、世界がコマ送りになった。

眼前に迫るソルジャーの剣。

少し首をかしげて躱し――もう一体に背中から刺された。

〉〉条件：スキル主の死亡を確認
〉〉スキル：〈リターン〉が発動
〉〉メモリポイントBにて復帰します

――面白い！

戦えば戦うほど、成長していく。
前に出来なかったことが、出来るようになっていく。
眼前に迫るソルジャーの剣を、少し首をかしげて躱す。
（一度躓いたシーンでは、二度と躓かない！）
すぐに地面を蹴る。
背中からの突き刺しを回避した。
アドレナリンが、無尽蔵に分泌される。
深い集中力でもって、すべての攻撃を躱していく。
（すごい……。自分の体じゃないみたいだ！）
これまで、明日斗はまったく戦えなかった。
レベルだって9までしか上がらなかったし、まともな戦闘をしたこともなかった。
その自分が、これほど上手く動き、致命的な攻撃を躱し続けている。
それが嬉しくて、明日斗は笑った。

「ははは！」

――強いハンターは、こんな景色を見ていたのか。

――こんなふうに、戦っていたのか。

――なんて、素晴らしいんだ！

こんなに面白いことが、この世界にはあったなんて!!

それはまるで目が見えない人が、初めて満開の桜を肉眼で捉えた時のような歓喜が体中を震わせた。

初めて見えた世界。

初めての景色。

熱い息、激しい鼓動、武器の重み、血の臭い。

世界の輪郭がくっきり浮かび上がり、理解度が上がっていく。

どこまでも行ける気がした。

どこまでも強くなれる気がした。

もっと遠くへ。

――もっと!!

手を伸ばしたその時、明日斗の胸にソルジャーの剣が突き刺さった。

＞条件：スキル主の死亡を確認
＞スキル：〈リターン〉が発動

〉〉メモリポイントBにて復帰します

「おい、何やってんだよ。さっさとゲートに入ろうぜ？」

「…………」

「おいッ！」

「……ん、ああ、そうだな」

明日斗は慌ててアミィに返答した。

己のステータスを見て、ぼーっとしてしまった。

〈リターン〉で戻ってくること、はや三十回。

初めは最初のコボルトソルジャーに躓いたが、ここ数回はかなり奥まで進めるようになっていた。

レベル11になってから一度SPを振って以来、一度もステータスを底上げしてこなかった。それは、討伐が簡単になるとスキル熟練度の上がり方が鈍るからだ。

ハンターとしての能力は、なるべく効率的に成長させたい。そのため、ある程度の目標値に達するまでは、SPを振り分けるつもりがなかった。

だが、そろそろ潮時だ。

○名前：結希　明日斗（20）

レベル：12↓20　天性：アサシン
ランク：F　SP：5↓45
所持G：165↓312
〇身体能力
筋力：20　体力：12　魔力：1
精神：1　敏捷：25　感覚：11
〇スキル
・初級短剣術Lv1↓3（23％↓12％）
・回避Lv1↓3（17％↓5％）
・跳躍Lv1↓2（60％↓97％）
・記憶再生Lv1↓2（7％↓10％）
・リターンLv1（0％↓31％）

スキルレベルが3を超えたところで、熟練度の上がり方がかなり鈍くなってきた。
Fランクの魔物が相手だと、スキルレベル3以降は熟練上げの効率が悪くなるようだ。
このゲートでのレベル・熟練上げはここまでだ。次からは、本気で攻略を目指す。
そうと決めると、明日斗はウインドウを指先で素早くタップした。

○名前：結希　明日斗（20）
レベル：20　天性：アサシン
ランク：F　SP：45↓0
所持G：312
○身体能力
筋力：20↓30　体力：12↓22　魔力：1
精神：1　敏捷：25↓40　感覚：11↓21
○スキル
・初級短剣術Lv3（12％）
・回避Lv3（5％）
・跳躍Lv2（97％）
・記憶再生Lv2（10％）
・リターンLv1（31％）

ステータスは天性のアサシンらしく、敏捷値を高めに割り振る。

長時間の戦闘になると満足に動けなくなり死ぬこともあったので、体力もしっかり補完した。

（……よし、これでいける）

次は学ぶためではなく、乗り越えるために——明日斗はゲートに足を踏み入れた。

ゲートに入ってすぐに、明日斗はステータス上昇の変化を感じ取った。

（すごい。もうコボルトが接近する気配を感じる）

感覚を上げたことで、より遠くの情報が感じられるようになったのだ。

短剣を抜き、柄を軽く握る。

何十回という戦闘の中で得た経験が、体をより合理的に動かした。

前方から、コボルトの姿が現われた。

次の瞬間、明日斗は足に力を込め〈跳躍〉。

たった一呼吸で、三十メートルの距離をゼロにする。

こちらの接近に気づいたコボルトが、戦闘態勢に入った。

だが、遅い。

――ザクッ！

素早く背後をとった明日斗が、うなじに深々と短剣を突き刺した。

「……す、すげぇ」

明日斗の横で、アミィが目を点にしていた。

これまでとは打って変わって、表情に本心が表れている。

（そういえば、アミィにとってはこれが俺の初戦闘なのか）

明日斗にとっては、もう何十度も繰り返したコボルト戦だ。しかし、〈リターン〉によって記憶が
消去されるアミィにとっては、初戦闘だ。

いきなりこれだけ圧倒的にコボルトを倒せば、少しは違和感をもたれるか。

「次にいくぞ」

「お、おい、待てよ」

あまり疑いを持つ暇を与えない方が良い。

明日斗は奥に向かって歩き出した。

次はコボルトソルジャーが二体。これも難なく退けた。

これまでの接戦、苦戦はなんだったのかと思わなくもない。それだけステータスの恩恵は高いのだ。

(まあ、ここ数回はソルジャーも、時間をかければ倒せるようになってたからな)

無論、ステータスだけではこうはいかない。

初めは一体を、やっと道連れに出来た程度だった。

〈リターン〉を繰り返すうちに、ギリギリ二体までなら同時に倒せるようになった。

スキルレベルが上がったおかげだ。

ステータスと同様に、スキルレベルがいかに重要かを、身をもって体感する。

三十回も死んだが、その間の試行錯誤は良い経験になった。

先に進んで角を曲がると、再びソルジャー二体が現われる。これも難なく退ける。

次の広間でソルジャー三体が待ち構えていた。ここが、これまでの最高記録だ。

体はもう温まっている。

じわじわと、集中力が高まっていく。

深呼吸を繰り返して、止める。
相手がこちらに気づくとほぼ同時に、明日斗は〈跳躍〉で飛び出した。
――ザンッ!!
一体のソルジャーの首を落とす。
「次ッ!!」
即座に回転。
襲いかかる一体の攻撃を回避。
回り込んで首筋へ。
――ザクッ!!
もう一体は――反応出来ずに固まっていた。
チャンスだ。
刹那のうちに判断し、短剣を突き出す。
相手が剣を突き出した。
即座に首を軽くひねる。
錆びた切っ先が、頬の紙一重先をすり抜けた。
――ズッ。
こちらの短剣が、胸に深々と突き刺さった。
コボルトソルジャーが倒れるより早く、明日斗は次の魔物を探して走り出す。

――もっと。

軽く足を動かすだけで、以前の全力疾走よりも早く走れる。

呼吸にはまだ余裕がある。体力を上げたおかげだ。

――もっとたくさん戦いたい。

魔物と戦っていない時間が、もったいない。

いま、明日斗は絶好調だった。

戦闘のギアがマックスまで上がったからだ。

戦えば戦うほど、新しい手応えがある。

強くなっていく実感が、明確に感じ取れる。

――もっと、もっと、強くなりたい！

新たな敵を葬って、次の獲物を探しに走る。

一体、また一体と、ゲートの中にコボルトの死体が増えていく。

気がつくと、明日斗はゲートの最奥に到達していた。

この先には何もない。

「はあ……はあ……ボス部屋は、ないのか」

ゲートは大まかに、二種類に分類される。

ボス討伐型と、殲滅型だ。

前者はゲートの最奥にいるボスを倒せば、ゲートの中に敵が残っていようとクリアになる。

後者は、ゲート内部にいる魔物をすべて倒せばクリアだ。

すべての通路を通ったが、ボス部屋は見つからなかった。

どうやらこのゲートは殲滅型だったようだ。

「……ふぅ」

明日斗は体から力を抜いた。

途端に疲労が押し寄せてくる。ここがゲートの中でなければ、地面に大の字に倒れ込んでいただろう。それに、呼吸もかなり上がっている。

いままで自分の状態に全く気づいていなかった。

それだけ集中していたのだ。

「な、なんて奴だ……」

アミィが信じがたいものを見たような顔をした。

その声は、ひどく掠れている。こんな声を聞いたのは初めてだ。

「お前、命が惜しくないのか!?」

「いいや、惜しいさ」

「じゃあ、あの戦い方はなんなんだよ!? 防具もないのに勢いよく敵に突っ込んだり、攻撃を紙一重で躱したり、あまつさえ、危ない瞬間でさえお前は――笑ってたぞ!!」

「そう、だったのか?」

明日斗は自分の顔に触れた。戦っている時、自分がどんな顔をしていたのかさっぱりわからない。

もし本当に笑っていたのだとすれば、なるほどアミィにおかしいと言われるのも無理はない。

「死ぬかもしれないってのに、怖くないのか？」

「怖いさ」

「だったらどうしてそんな戦い方が出来る!?」

「……死よりも怖いものを知ってるからだ」

「そ、それはなんだ？」

ごくり。アミィがつばを呑む音が響く。

「――無力」

何も出来ず、何も言えず、誰にも知られず、誰への影響力もない。

そのような人間は苦痛を得る分、死者より酷い。

「ハッ、無力がそんなに怖いってか？　さっぱりわからん」

「なにか一つでも持ってる奴にはわからないんだよ。何も出来ないことが、どれほど恐ろしいのかが
……」

（しゃべりすぎたか）

後悔した時だった。

「なるほどな。無力さがコンプレックスのお前は、夢にまで見たハンターにやっと覚醒した。念願の力を手に入れたからこそ、ここまでアホな戦い方をしてるってわけか」

「……よ、よくわかったな」

あちらが勝手に誤った推測をしてくれた。

どう誤魔化そうか考えていた明日斗は、ほっと胸をなで下ろした。

ステータスを開く。すると、ポップアップが現われていた。

≫新たな偉業を達成しました

・ソロでEランクゲートをクリア
報酬1：1000G獲得
報酬2：ALLステータス＋3

・覚醒してから人類最速でEランクに到達
報酬：敏捷＋5

「おっ！」

すべてのステータスが3つ上昇すると、（レベル1あたり5ポイント増加なので）レベル3つ分以上のポイントが加算されたことになる。

また、Eランクに到達の偉業も、レベル1つ分アップだ。

偉業だけでステータスポイントがレベル4つ分上昇するとは、とてつもない報酬だ。

ポップアップを閉じて、ステータスをチェックする。

〇名前：結希　明日斗（20）
レベル：20↓23　天性：アサシン
ランク：F↓E　SP：0↓15
所持G：312↓1504
〇身体能力
筋力：30↓33　体力：22↓25　魔力：1↓4
精神：1↓4　敏捷：40↓48　感覚：21↓24
〇スキル
・初級短剣術Lv3（12％↓37％）
・回避Lv3（5％↓21％）
・跳躍Lv2↓3（97％↓7％）
・記憶再生Lv2（10％↓21％）
・リターンLv1（31％）

（まさか、自分が本当にEランクになるとは、想像もしてなかったな）

現在のハンターのボリュームゾーンはEランクなので、これでやっとハンターとして人並みになれたといえる。

「……そういえばゲートをクリアするとアイテムが貰えるんだったか」

「お、おう、そうだそうだ。ゲートをクリアするとクリア特典が貰えるんだが、特典アイテムはショップのカート・インベントリに入ってるはずだぜ。――いやあ、これまでオイラの説明がなくてもガンガン進めてくから、てっきり何でも知ってるかと思ってたが、まさかこんな初歩的なことを知らないとはな」

「悪かったな」

「オイラの仕事がなくて焦ったが、いやあ…………安心したぜ」

何気ない一言に、背筋がぞっとした。

反射的に、表情が固まりそうになるのを、ぐっと堪える。

頭の中を、様々な思考が駆け巡る。

(もしかして、いままで俺は警戒されてたのか？　安心したっていうのは、最悪のパターンではなかったから、ということか……？)

しかし、アミィが警戒しているものがわからない。

システムの扱い方を知っていることそのものに、問題があるはずがない。なぜならハンターは五年前から存在し、システムの内容や、扱い方についてもネット上で公開されているからだ。

当然ながら、明日斗は報酬アイテムがインベントリに送られてくることを、以前から知っていた。

今回、それを失念していたのは、完全にうっかりミスだ。

（でも、そのミスに助けられたかもしれない）

アミィが何に警戒しているかは、さっぱりわからない。ただ、これだけは言える。

ハンター能力への理解が深すぎると、警戒される。

（これからは、適度に助言を聞くべきか……）

知っていることを説明されるのは、わりと苦痛だ。

だが、アミィに警戒されるよりはマシだろう。

心に注意を書き留めて、明日斗はカートを確認する。

○看破の魔眼
説明：すべてを看破する潜在能力を帯びた魔眼。使用した者に看破の才能を賦与する。ただし、それだけでは魔眼のスキルは使えない。自らの力で能力を引き出す必要がある。

一見すると、レアリティの高いアイテムに見える。しかし、アイコンの見た目は、まんま一対の眼球だ。

インベントリから出てきた眼球が手に収まる様子が思い浮かび、明日斗はぶるりと背筋を震わせた。

――これをどう使えと？

「なあ、看破の魔眼っていうのが手に入ったんだが」

「おっ、魔眼なんて入ってたのか、ラッキーだな！　それ、すげぇレアアイテムだぜ！」

「そ、そうなのか。で、これはどうやって使うんだ？」

「魔眼系のアイテムは、インベントリから取り出すだけでいいぜ」

「本当か？　眼球が飛び出してきても、素手でキャッチする勇気はないぞ」

「さっきまでとんでもない戦闘をやってのけた奴が、その程度の勇気がないとか冗談が上手いな」

「それとこれは、別問題なんだよ」

「何が違うってんだよ、まったく。人間ってのはおかしな生き物だな」

やれやれと言わんばかりに、アミィが肩をすくめた。

いちいち態度が鼻につく奴だ。

「インベントリから出すと、お前の眼球に魔眼の才能そのものが組み込まれる。眼球がその空間に出てくるわけじゃないから安心しろ」

一度深呼吸をして、明日斗は看破の魔眼をインベントリからとりだした。

（どうか、目が出てきませんように）

その瞬間、眼球に僅かに違和感が現われた。

まるで度のないコンタクトレンズを入れたかのようだ。

しかしすぐに違和感が消えた。

「…………これで、魔眼は適応されたのか？」

「だと思うぜ」

インベントリから魔眼の表示は消えている。

たしかに、魔眼は明日斗の眼球に組み込まれたのだろう。だが、変化があまりに乏しい。きちんと使用出来たのかが疑わしくなるほどだ。

「全く見え方が変わらないんだが」

「そりゃそうさ。お前の目に移植されたのは魔眼の潜在能力だからな。疑うんなら、スキル欄を見てみろ」

言われて、ステータスを表示する。

するとそこには、『看破の魔眼』の文字が新たに出現していた。

○名前：結希　明日斗（20）
レベル：23　天性：アサシン
ランク：E　SP：15
所持G：1504
○身体能力
筋力：33　体力：25　魔力：4
精神：4　敏捷：48　感覚：24
○スキル
・初級短剣術Lv3（37％）
・回避Lv3（21％）

・跳躍Lv2→3（7％）
・記憶再生Lv2（21％）
・看破の魔眼Lv1（0％）NEW
・リターンLv1（31％）

「なるほど、魔眼ってスキル扱いなんだな」

魔眼が消えたわけでないとわかり、ほっと胸をなで下ろす。

熟練度表記があることから、使い続ければ性能が上がることがわかる。

しかし――、

「どうやって使えばいいんだ？」

「看破の魔眼なら……たしか、そうだ、武器をじっと見てみろ」

明日斗は短剣を見る。

しばらく凝視し続けると、短剣の手前に薄くウインドウが浮かび上がってきた。

○鉄……剣
攻……
説明：鉄……、刃渡り……剣。使いやすいが、切れ味…………は良……い。…………

「なるほど、これが看破の効果か」

看破の魔眼には、いわゆる、〈鑑定〉に近い効果があるようだ。

(これは使えるな)

確信した明日斗は、魔眼を使いながらゲートの入り口へと向かう。

その途中で、魔石を回収する。

ソルジャーの死体は既に消えていた。次元の狭間に飲み込まれたのだ。

ゲートの内部で命を落とすと、次元の狭間に飲み込まれると言われている。狭間に飲み込まれると、人間も魔物も関係なく、その存在力と同等の魔石が生まれる。

この現象を、一部ハンターは〝ゲート内等価交換〟と呼んでいる。

明日斗も、〈リターン〉がなければ魔石に変化していただろう。

自分の代わりに生まれた小さな魔石を想像して、少しだけ悲しくなった。

ソルジャーの魔石は、人差し指の先ほどのものだった。こんなものでも、そこそこの値段で売却出来る。

魔石は現在、様々な分野でエネルギー利用されている。

人口が極端に減少し、あらゆるバランスが崩れた日本において、魔石はなくてはならないエネルギー物資だった。

すべてを回収し終え、魔石を数える。その数は、45個にものぼった。ソロハンターが一度のハントで獲得する魔石としては、かなりの数である。

明日斗が地上に戻ると、ほどなくしてゲートが閉ざされた。中に生命体がいなくなったことで、異次元が安定を失い消滅したのだ。

ハンター協会に攻略完了の一報を入れ、魔石買取店に向かおうとした、その時だった。

目の前に二人のハンターが現われた。

「おう、ゲート攻略でお疲れのところわりぃな」

「あのゲート攻略で生き残ったのはお前だけか？」

「……は？　誰だお前たちは」

「おい、うちはギルド黒曜犬《ハウンドドッグ》のメンバーだぜ!?　口には気をつけろ！」

男がまるでチンピラのような目つきで睨んできた。

――いや、実際彼らはチンピラで間違いない。

前回の知識で、明日斗は彼らのことをよくよく知っている。これまでやってきたことも、これからやることも……。

「仲間を失って一人帰ってきたんだろ？　かわいそうにな。けど、仲間を見殺しにした奴が、報酬を独り占めなんてしていいのか？」

「死んでいった仲間に申し訳ないと思わないか？」

何を言っているんだこの二人は。

勘違いで話が進んでいるが、あまりに馬鹿馬鹿しすぎて勘違いを正す気が湧かない。

「出せ」

「……は？」

「魔石をたくさん持ってんだろ？　それを出せ」

「あとクリア報酬も出せ」

「何をわけのわからないことを――」

ズン！

突如腹部に衝撃を受け、明日斗は後方に吹き飛んだ。

「……態度には気をつけろって、言ったばかり、だろ」

「あーあ、肋骨三本はいっちゃったんじゃねぇか？　ちったぁ手加減してやれよ」

「あ、ああ……」

ハンターに蹴りを食らわせた男――琢磨《たくま》は、いつもとは違う手応えに戸惑っていた。

琢磨はFランクのハンターだ。近接戦が得意で、これまでいくつものゲートの攻略に参加してきた。

また、時々こうして弱そうなハンターを見つけては、悪友の海人《かいと》とともにカツアゲまがいのことを行っている。

今回も、ゲートから出てきた――戦闘で弱っているとおぼしきハンターに目をつけた。

彼は魔石やクリア報酬を持っている。

だから奪おうと考えるのは、琢磨と海人にとって当然の選択だった。

しかしここへきて、琢磨は違和感を覚えた。腹部を蹴った時だ、まるで分厚い鉄板のような感覚が足の裏に伝わった。人の体を蹴った手応えとして、あり得ない感覚だった。

（まさか、ベテランハンターだったのか？）

しかし、あのハンターは短剣一本しか装備していない。あとはただの私服だ。鎧もなければ、アクセサリーもつけていない。

どこからどう見ても、新人ハンターの装いである。

（大丈夫。問題ない）

琢磨は違和感をかき消した。

その時、大の字になって仰向けに倒れたハンターが声を上げた。

「ハンター法第二条三項。ハンターはいつ何時、どのような状況であろうとも、己の武力を一般市民に向けてはならない。ただし――」

次の瞬間、

――バキッ!!

琢磨の鼻っ柱に、男の拳が突き刺さった。


「ハンターへの自衛権行使は妨げない」

片方の男を殴り飛ばした明日斗は、もう片方の男を睨付けた。

彼らが所属するハウンドドッグは、悪名高いギルドの一つだ。

傷害、脅迫、強請などなど、彼らが犯した罪を上げればば切りがない。

重大な犯罪を犯してても決して尻尾を掴ませなかったため、ギルドは長らく存続していた。

だが、ある日を境にギルドはあっけなく消滅した。

消滅直後は、様々な憶測が流れた。ハンター庁が強制捜査で全員逮捕したとか、たった一人のハンターに全員が殺されたとか。

しかし、実際のところ何があったかは、最後まで明らかにならなかった。

さておき、無法者が狙うのは、救ってくれる仲間がおらず、かつ絶対にやり返してこない相手だ。

——かつての明日斗が、そうだった。

前回明日斗は、何度ハウンドドッグのメンバーにカツアゲされたことか……。

殴った方の男に起き上がる様子はない。たった一撃で気絶してしまったらしい。

「あとは、お前だけだな」

「ちょ、ちょっと待て、悪かったよ、許してくれ！」

——ビキッ。

明日斗のこめかみの血管が、激しく脈動した。

「お前は、許しを求める相手の言葉を、一度でも聞いたことがあったのか？」

「それは……」

言葉が引き金となり、〈記憶再生〉が発動。

『もう、許してください……』

嵐が過ぎ去るのを待つことしか出来ない明日斗。

それを見下すハウンドドッグの男達。

嘲笑、罵声、暴力、強奪。

自尊心を完全に砕かれた明日斗は、丸裸にされ路地裏のゴミ溜まりに捨てられた。

――その当時の状況が、瞬く間に脳裏に蘇った。

それが油となって、憎悪の炎が激しく燃え上がる。

反面、自らの力を彼らに使うべきなのか？　これは正しいことなのか？

そんな疑問が湧き上がる。

そもそもゲート出現により人々の生活が脅かされている現在、ハンター同士で争う暇などないはずだ、とも……。

明日斗の手が止まった。それを隙だと勘違いしたか、男が腰に差した剣を抜いた。

「死ねェェェ!!」

「……はあ」

鈍い剣を躱し、カウンター。

男の顔面に、明日斗の拳が食い込んだ。

男がゆっくりと、仰向けに倒れる。

意識を刈り取ったのを確認して、明日斗は残心を解いた。

「逃げるなら見逃そうと思ったんだけどな」

仏心を出した瞬間、これである。

まったく、救えないにも程がある。

倒れた二人を放置して、見晴らしの良い丘を下りる。

「なあ、あの二人、殺さないのか？」

振り向くと、アミィがニタニタとした表情を浮かべていた。

「お前は人間をなんだと思っているんだ」

うんざりするが、彼は人類を滅ぼす側の存在だ。将来、地球に侵攻するまでに、少しでも人間を減らしておこうという魂胆だろうか。

「ハンターであっても、殺人は犯罪だ」

たとえ正当防衛であっても、殺害は過剰と判断される可能性が高い。とはいえ、ゲートが生じる世界においては、抜け道などいくらでもあるのだが（その抜け道を多用しているのが、ハウンドドッグだ）。

「そもそも、殺さなきゃいけないことは、されてない」

「いやいや、お前、殺されそうになっただろ。そんなことも忘れたのか？」

「……っ」

「殺されそうになったのに殺さないなんて、おめでたい奴だな」

「……黙れ」

「まあ、お前が殺さねぇって言うなら仕方ねぇけどよ、でも——」

アミィが楽しそうな笑い声を上げた。

「あいつら、いつかお前んところに仇討ちに来るぜ。その時が楽しみだな」

2章　トップランカーの後ろ姿を夢見て

買取店で魔石を売却し、街中を歩く。

45個の魔石は、明日斗にとってかなりの金額になった。

「どうしよう……。こんな大金、もったことない！」

「おうおう、そんなにビクビク歩くなみっともねぇ……」

「し、仕方ないだろ！　二万円なんて久しくもったことないんだから！」

前回、明日斗は最後の日まで日雇い労働に従事していた。

日当は一万円だが、謎の天引きがあり八千円しか貰えなかった。

夜はネットカフェで眠り、食事はスーパーの半額商品を購入する。それでも一日過ごせば残金は半分になる。

日雇い労働は、毎日仕事がある保証がない。突然明日は来なくていいと言われることがしばしばあった。

そうなると、大変だ。せっかく増えたお金が、あっという間に底を突く。

そんな生活を続けた明日斗にとって、二万円はとてつもない大金だった。

「どうしよう、盗まれるかも」

「そんなに挙動不審だと、逆に盗んでくださいって言ってるようなもんだろ」

「うぐ……」

「こりゃ盗む奴も災難だな。とてつもない大金があると思って盗んでみたら、たったの二万円なんだからよ」

「ぬぐぐ……」

ぐうの音も出ない。明日斗は何も言えず、奥歯を噛んだ。

「にしても、そんな金でそこまで怯えるたぁ、お前どんな極貧生活してたんだよ」

「…………」

「両親は？」

「……いないよ」

第一次アウトブレイクで両親を失ってから、明日斗は地獄のような毎日を過ごしてきた。きっといつか、普通の生活が出来ると夢見て、必死に働いた。

ハンターとして覚醒した時、底辺から浮上するチャンスを得たと喜んだ。だが、結局今から十年後まで地獄は続いた。

明日斗は死ぬまで、何も変わらなかった。

「わりぃ、滅入ることを聞いちまった」

「……いや、気にするな」

通りに立ち並ぶ高層マンション。その駐車場には、ベンツやＢＭＷ、ボルボにレクサスが停められている。一体どうやったらこんなマンションに暮らして、こんな高級車を乗り回せるのだろう。まるで想像出来ない。

だが、明日斗は意地でもそちら側に行かなければならない。

ハンターとして活動する上で、資本は重要だ。資本があれば、いくつもスキルが手に入るし、強い装備で固めることも出来るからだ。

資本力にものを言わせてのし上がったハンターもいる。それくらい資本は大切なのだ。

現在世界では、魔物を倒すと低確率でドロップする素材を利用した、ハンター専用の武具開発が盛んだ。

地球にある素材で作った武具でも、使えないことはない。

たとえば銃火器系は、ダンジョンの中でも使える。しかし地球上の素材で作った武具は、対魔物では極端に性能が低下してしまうのだ。

性能低下の原因は、次元の相違が関係しているのではないかと言われているが、真偽の程は確かではない。

さておき、魔物の素材で作られた武具は、ゴールドショップのそれと同様に、ハンターにとって欠かせない。

特に所持ゴールドの少ないハンターにとっては、頼みの綱である。資本力があれば、こうした武具を購入して一気に強くなれるのだ。

武具ショップにやってきた明日斗は、陳列された武具を物色していく。

「……やっぱ、いいものは高いな」

これは！　とぴんと来たものに限って、値札には見たことがないほどゼロがたくさん並んでいる。

だからといって値段で絞ると、ピンと来るものがなくなってしまう。

「はあ……駄目か」

「何を悩んでんだよ」

「ん、新しい武器が欲しいんだけど、お金がなくてな……」

「なんだ。そんなことだったら、ゴールドで買えばいいだろ。このへんにある武器なんかより、よっぽどいいもんが買えるぜ？」

明日斗がいるのは、初心者向けの武器が置かれた棚だ。

値段は五万円から、十万円まで。この価格帯の武器と比較すると、たしかにアミィの言葉通りゴールドショップの武器の方が性能が良い。

二万円もの（明日斗にとって）大金があっても、良い武具が購入出来ない。そのことに、彼我の差をまざまざ見せつけられた気がした。

「それはわかってるんだけどな」

「じゃあ何を悩む必要があるんだよ」

「武器を買ったら、スキルが買えなくなるだろ」

現在の所持ゴールドは約１５００。これで良い武器を買うと、スキルが買えなくなる。

百万種類あるスキルの中には、替えが効かない特級スキルもある。その特別なスキルを、いち早く手に入れたい。

せめてAランクになるまでは、新しい武器の購入にゴールドを消費したくなかった。

「……仕方ない」

新しい武器購入を一旦諦めて、しばらくは魔石でお金を貯める他あるまい。

（新しいゲートって、どこに出現するんだったかな）

明日以降に出現するゲートがないか考える。すると、いくつか攻略出来そうな候補が思い浮かんだ。

（明日がBランク、明後日がE、その次となるとCランクが来週か……）

Bランクのゲートは攻略すると最高峰のアイテムが手に入る。もし売却すれば、一千万円近い値が付くはずだ。

しかし現在の実力では魔物を倒すことすら出来ず、死に戻るだけでなんの成果も上げられないに違いない。

ゲートが攻略出来ないのなら、権利を売却するという手もある。だが、あまりに立て続けに明日斗がゲート出現現場に居合わせると、間違いなくアミィに感づかれる。

どんなスキルかまでは確定出来ないだろうが、今後の活動がやりづらくなる可能性が大いにある。

もっと効率的かつアミィに疑われないようにゲートを回り、お金を貯める方法はないか。

考えていた時だった。

「あの……」

背後から覚えのない声が聞こえ、振り返る。

そこに佇む少女の姿を見た明日斗は、反射的に体を硬直させた。

（まさか……）

長い黒髪に、切れ長の目、シャープな顔立ち。

すらりとした手足のその少女の姿は、間違いない――。

（氷血姫!?）

明日斗が過去に戻る前、あの天にひしめく魔物たちを相手に、唯一善戦していた最強ギルドの一角――私滅のイデア。

そのギルドマスターの、神咲真生《かんざきまお》だった。

明日斗と同じ第二次アウトブレイクで覚醒したハンターでありながら、明日斗とは違い、彼女は才能に溢れていた。

ハンターとして活動するなり、あっという間に頭角を現し、一気にランカーまでのし上がった。

その才能は、これまで周囲に天才と呼ばれてきた者達でさえ、『神咲を見ていると自分が凡才なんだって気づいた』や、『惨めになるから神咲とは比較しないでくれ』などと言わしめるほどのものだった。

この才能を慕って何名ものハンターが集い、結成されたのが〝私滅のイデア〟である。

（あれっ、でもなんか、雰囲気が違うような……？）

神咲の顔には憔悴がありありと浮かんでおり、肌も土気色だ。涙を流しすぎたのか、目が腫れている。

前回の彼女は、常に冷たい表情を浮かべており、変化も乏しかった。その表情からついた二つ名が、

氷血姫だ。

今の彼女から、未来の姿を想像するのはまずもって無理である。それほどに両者には大きな乖離があった。

「お兄さんはハンター、ですよね？」

「ん、ああ、そうですね」

「っ……！　お、お願いします。『夢見の滴』の入手に、協力していただけませんか」

「夢見の滴……たしか、願いか叶うアイテム、だったたっけ」

「はい。いま、夢見の滴が、どうしても必要なんです……」

「ふぅん」

夢見の滴は明日斗にも覚えがある。Eランクダンジョンのボスを倒すとドロップする、少し特殊な効果があるアイテムだ。

（しかしまさか、氷血姫に頼み事をされるとは思いも寄らなかったな）

将来の彼女を思えば、ある種の名誉を感じずにはいられない。

依頼を引き受けることは、決してやぶさかではない。

ただ、問題が二つある。

一つは、確実にドロップするとは限らないこと。

ドロップは確率ランダムであるため、運が悪ければ十度ボスを倒しても手に入らない場合がある。

それともう一つ。

（夢見の滴がドロップするダンジョンは、ハウンドドッグが占有してるんだよなあ……）

先ほど、そのギルドメンバーの二人を返り討ちにしたばかりだ。その明日斗が夢見の滴を取りに行くということは、相手に喧嘩を売りにいくようなものである。

相手が神咲でなければ、即座にお断りする案件だ。

まともなギルドならばいざ知らず、無法者ギルドが占有するダンジョンに入ろうなんて、無鉄砲にも程がある。

強引に踏み入ろうものなら、後々どのような報復が待っているか、考えるだけで恐ろしい。

（でも、相手は神咲さんだし。それに――）

天才中の天才神咲の身に何かあったのではないか？

現在と、未来の彼女のあまりの違いが気になった。

「お金は、たくさん用意、出来ません。でも、何でもします！　お願いです、助けてください！」

「……うん、わかった。なんとかしよう」

「あ、ありがとうございます！」

神咲の表情が安堵に緩んだ。

よほど嬉しかったのか、涙まで浮かんでいた。

「俺は結希明日斗。君は？」

「か、神咲真生です！」

「神咲さん、よろしくね」

「よろしくお願いします」

「それで、ダンジョンにいく前に一つ聞きたいんだけど、夢見の滴を何に使うの？」

「実は、その……この前のアウトブレイクで、お母さんが怪我をしてしまって。ずっと……目を、覚まさないんです……」

彼女の目から、涙がボロボロと溢れ出した。

拭っても拭っても、止めどなく溢れてくる。

それでも泣き崩れることはない。

前回見た彼女によく似た、硬い表情を浮かべて歯を食いしばっている。

(母親が重体だっていうのに、強いな……)

母の傍で祈るのではなく、助けるために動き出した。

この行動力に、彼女の強さの片鱗が窺える。

(俺とは、全然違うな)

第一次アウトブレイクに両親が巻き込まれた後、明日斗は病院の廊下で二人の目覚めを祈ることしか出来なかった。

無論、彼女とは違って覚醒していなかったので、単純比較は出来ないが……。

「お医者さんは、もう目を覚まさないかも、と。私は先日覚醒したのですが、天使に相談したら、夢見の滴のことを教えてもらいました。願いを叶えるアイテムを手に入れれば、お母さんを助けられるかも、と。なので、どうしても夢見の滴を手に入れたいんです。先輩のハンターさんたちに声をかけて、結希さんでやっと、いいお返事が貰えました」

「そう、だったんだね」

まさか、彼女の母親が、アウトブレイクの被害者だったとは思ってもみなかった。

その驚きによって、明日斗はこの時、重大な見落としをしてしまった。

この見落としにより、この先、激しく後悔することになるとは、夢にも思わなかった。


武具販売店を出た明日斗たちは、新宿御苑にやってきた。

ここは、江戸時代には高遠藩内藤家の下屋敷があった敷地だ。その後植物御苑になり、誰でも利用出来る国民公園へと移り変わる。

そんな都会のオアシスの一角に、地面にぽっかりと穴が開いている。ここが、新宿御苑D——ハウンドドッグ支配下のダンジョンだ。

ダンジョンの入り口前には、ギルドのメンバーだろう見張りが三人いる。

明日斗の感覚的には、戦って倒せない相手ではない気がする。しかし、ダンジョンに入るために彼らを倒せば、必ず他のメンバーが応援にやってくる。

そうなれば、ダンジョン攻略どころではなくなってしまう。

力任せに見張りを突破するのは、やめておいた方がいい。

「それで、私は何をすればいいですか？」

「ちょっと待ってて。いまアイテムを出すから」

ショップを開き、アイテムを検索。

目的のアイテムを見つけ、カートに入れて素早く購入した。

○ハイディング・マント
説明：身に纏うと気配が消えるマント。その効果は、感覚値の低い者であれば目の前から消えたと思わせるほどだ。ただし、一度使うと効果は消える。
あなたが人として生きていきたいのなら、不埒な使い方をしてはいけない。約束だぞっ！

≫所持G：1504→5

（たっか……）

命がけで溜めたゴールドが、ほぼゼロ。

マントの値段に、涙がこぼれそうだ。

「おいおい、ゴールドは溜めておくんじゃなかったのかよ？」

「いいんだよ。先行投資だ」

「使い捨てマントに先行投資もなにもねえだろ。それとも、その女にそれだけの価値があるってのか」

か？」

「……いや」

「ははーん、さてはお前――」

まさか、未来の神咲を知っていることがバレたのか？

アミィのにたりとした笑みに、明日斗の心が凍り付く。

「この女に惚れたな？」

「……はっ？　俺は別に――」

「おっと、みなまで言うな。恋愛感情は誰にも止められねぇからな！」

「いや、別に俺は神咲を好きになったわけじゃなくて――」

「恋心を隠したい人間は、みんなそう言うんだよな。授業で習ったぜ！」

「なんの授業だよ!?」

「ともかく、オイラは、お前を応援してるぜ！」

全く話を聞きやしない。

神咲は現在16、17才くらいだったはずだ。

対して明日斗は20才だが、その内面の年齢は30才だ。

そんな明日斗にとって、16才の少女はただの子どもだ。恋愛なんて、始まるはずがない。

だが、そう説明出来るはずないし、説明したところでアミィには聞く耳がない。

これ以上なにを言っても無駄だ。明日斗は深々とため息をつき、気持ちを切り替える。

インベントリから購入したばかりのアイテムを取り出す。

すると、看破で見えるアイテムウインドウに、数字が見えた。

『59……58……』

「看破の魔眼は効果時間のカウントも見えるのか」

これは運が良い。うっかり時間を浪費して、敵前で姿を現したなんて状況を回避出来る。

明日斗はマントに体をかくし、腕を広げる。

「これは姿を消すマント。これがあれば、あいつらに邪魔されずに中に入れる」

「そうなんですね」

「マントを使ってる時は、声を出さず、足音も気をつけて」

「え、はい」

「それじゃあ行こうか」

「ええと、他のハンターさんはまだ集まってないみたいですけど？」

「他にハンターはいないよ」

「えっ⁉」

「それより時間がない。こっちに来て」

「あ、う……」

押し問答をするとすぐにカウントがゼロになる。それでは、貴重な１５００ゴールドが水の泡だ。

明日斗は腕に神咲を引き込み、全身をマントで覆った。

「なるほど、そう来たか……策士だなお前」

アミィが神経を逆なでするような声を発したが、気にしてはいけない。

いま明日斗たちはハイド状態にある。ここから声を上げれば、いくらマントがあってもこちらの居場所が察知される。

明日斗は呼吸を殺しながら、じわじわとダンジョンに近づいていく。

すぐ傍にいる神咲は、氷血姫の名が嘘のように、顔が真っ赤になっている。

(息苦しいのか?)

ただ、さすがに今は新鮮な空気を取り入れられない。

(少しだけ我慢してくれ……)

彼女の忍耐力に祈りを捧げる。

一歩、また一歩と、ダンジョンに近づいていく。

そして、見張りに最接近。

相手の息づかいまで聞こえてくるほど、見張りとは目と鼻の先だ。だが、彼らは誰一人、明日斗たちの接近に気づいていない。

(よし、そのまま気づくなよ……)

そろり、そろりと進んでいく。

ダンジョンの中まであと少しという時だった。

「おいッ!!」

背後で怒声が響いた。

その大声に、明日斗と神咲の肩が跳ね上がった。

(まさか、気づかれたか？)

声を上げそうになった神咲の口にとっさに手を当て、後ろを振り返る。

「居眠りしてんじゃねぇよ。殺すぞ」

「おお、すまんすまん。なんもないと、眠くてな」

「どうせ今日見張り番だってこと忘れて、夜更かしでもしてたんだろ」

「だとしてもだ、抜き打ちでも来てみろ。お前、ぶっ殺されるぞ」

「わぁってるよ」

どうやら、見張りの一人が居眠りをしていたようだ。

こちらに気づかれたわけではなかった。

(ああ、びっくりした……)

明日斗はほっと胸をなで下ろした。


ダンジョンに入り、奥までいったところで、明日斗はマントを剥ぎ取った。

「ふぅ。強引に連れてきて悪かった」

「い、いえ……。私は大丈夫れす！」

「……れす？」

「何でもありません。そ、それよりも、来ましたね、夢見の滴が出るダンジョン」

「ああ。それじゃあ、早速攻略を始めるか」

「はい。あっ、結希さん、私に出来ることはありますか？」

「ああー、スキルは使える？」

冷静を装い尋ねる。

明日斗は神咲が持つスキルを知っている。

――〈大征伐〉。レジェンド級の、バフスキルだ。

神咲が一気にランカーに躍り出たのは、このバフスキルのおかげである。

今回の彼女にも、同様のスキルが与えられているはずだ。神が賽を振りなおさない限りは……。

「大征伐っていうスキルなんですけど」

同じスキルで助かった。明日斗は漏れそうになった安堵の息をぐっと堪える。

「……効果はわかる？」

「仲間にバフ？　がかかるって書いてます。効果は敵の強さと数によって変わるそうです」

「それは、凄いスキルだね」

「そうなんですか？」

「ああ。ハンターのパーティは貢献度に応じて経験値の分配が発生するんだけど、バフは仲間にかけておくだけでも、経験値が分配されるんだ」

「そう、なんですね。あっ、でも、経験値が私に入ってくると、結希さんが貰えるはずだった経験値が減りますよね？」

「そうだね。ソロよりは減ると思う」

「私は戦えないので、経験値は貰えません……」

「それはシステム上無理なんだよ」

「バフをかけなければ――」

「バフはかけてね。すっごく大事だから」

「うう……」

「経験値のことは気にしないで。神咲さんが手助けしてくれなかったら、モンスターを倒すのも一苦労だから」

「はい、すみません……」

今回のダンジョン攻略は、大征伐のスキルが肝心だ。

Dランクのノーマルモンスターならば、おそらくバフがなくても倒せる。でもギリギリだ。そんな状態では、逆立ちしてもボスは倒せない。

Dランクのボスを倒すには、最低でも同ランクのハンター五名は必要と言われている。生命力が極端に高く、身体能力もずば抜けているからだ。

明日斗がこのダンジョンボスを攻略するためには、神咲のバフは欠かせない。

「バフは、魔物が現われてからでいいからね」

「はい」

「それじゃあ、いこうか」

「宜しくお願いします！」

攻略を開始したところで、明日斗はすぐに、メモリポイントを確認する。

・ポイントA　2030年4月5日12：00
・ポイントB　2030年4月7日12：51

（死んだらFランクダンジョン攻略前まで戻るのか……。ポイントBだけでも変更出来るかな）

メモリポイントの上書きを意識すると、スキルポップアップが変化した。


＞＞メモリポイントを上書きしました。
・ポイントA　2030年4月5日12：00
・ポイントB　2030年4月7日16：13　NEW

（よしっ）

もし死亡しても、これでダンジョン攻略開始時点に戻って来られる。

ポイントの上書きが終わったところで、いよいよ攻略を開始する。

「ゲートを攻略して、すぐにダンジョン攻略。よく働く奴だなあ」

アミィのつぶやきを無視し、神経を研ぎ澄ませていく。

すると、すぐに明日斗の感覚が、一体の魔物の気配を捉えた。

「神咲さん、バフをお願い」

「はい」

「それと、少し下がってて」

「は、はい」

こちらの緊張が伝わったか、神咲が緊迫した表情で、とてて と後ろに下がる。

ある程度離れた頃、このダンジョンのモンスターが現われた。

敵は、緑色の肌をした、トカゲの亜人——リザードマンだ。

その手には、ショートスピアが握られている。

殺気の鋭さが、Fランクとは明らかに違う。

背筋がゾクゾクっと震える。

——これが、Dランクの魔物。

このダンジョンにリザードマンが出てくることを、明日斗は初めから知っていた。未来の情報を引き出すまでもなく、ハンターサイトに掲載されている。

(槍を素早く突き出すから、足で攪乱ながら接近——)

情報サイトの指南通り、明日斗は足を動かした。

(軽いッ！)

体が恐ろしく軽く感じる。

神咲のバフのおかげだ。

〈大征伐〉は、スキルレベルが1のはずだ。それでこれほどの違いが出るとは、思いもしなかった。

さすがはレジェンド級スキルだ。

（これなら、行ける！）

右に左に相手の意識を揺さぶりながら、時々フェイント、反転。

前に踏み込み。

短剣に力を込める。

次の瞬間、殺気。

「――ッ!?」

――シュッ!!

穂先が明日斗の頬を、半紙一枚切り裂いた。

もし殺気に気づいて首をひねっていなければ、明日斗は今頃顔面の中心に風穴があいていただろう。

（足で、躱す？　あれを？）

バカを言え！

明日斗はネットに攻略指南を乗せたハンターの某に、罵声を浴びせた。

命の危機に瀕したことで、スイッチが入った。

急激に集中力が高まり、全身が熱くなる。

一度、深呼吸。
すると、世界がシン……と静かになった。
雑念が消えたのだ。
攻撃の兆しを感じ、短剣を立てる。
直後、穂先が動いた。
同時に僅かに短剣を傾ける。
すると、穂先がするりと短剣の腹を滑っていった。
そこで一歩、明日斗は素早く踏み込んだ。
相手が槍を引くより早く——。
「うおおおお!!」
——命を、衝け!
明日斗の短剣が、胸のど真ん中に突き刺さった。
リザードマンが、明日斗につかみかかろうとする。
それをバックステップで回避。
リザードマンの胸から、心臓の脈動に合わせ、どくどくと血液が溢れ出した。
(まだ、戦うか!?)
明日斗はいつでも動けるよう、膝を軽く曲げたまま、かかとを浮かせた。
二秒、三秒……。

リザードマンの体が徐々に傾ぎ、崩れ落ちた。

五秒……十秒……。

たっぷり時間を数えてから、明日斗は相手の生死を確認。

リザードマンは、既に事切れていた。

そこで、明日斗はやっと残心を解いた。

「ふぅ……」

とてつもない難敵だった。

コボルト戦とは違い、明日斗はリザードマンの攻撃が目で捉えられなかった。

ワンランク上の魔物に勝てたのは、もちろん神咲のバフがあったからだ。それに加えて、短剣や回避のスキルをきっちりレベル3まで上げたおかげもある。

もしスキルレベルが低ければ、攻撃を躱すことも、受け流すことも出来なかったに違いない。

「お前、一体どういう特訓してきたんだ？」

「何の話だ藪から棒に」

「おととい覚醒したばっかでDランクモンスターを討伐って、どう考えてもおかしいだろ！」

「さてな。これまでの積み重ねが生きてきたんじゃないか？」

「積み重ね、ねえ……」

アミィが疑いの眼差しを向けてきた。

決定的なボロを出さない限り、相手が明日斗の力の秘密を証明するのは不可能だ。だから、こちらは堂々としていればいい。

　血振るいをして短剣を鞘に収めると、待ってましたと言わんばかりに神咲がとててと近づいてきた。

「お、お疲れ様です」

「うん。そうだ、レベルは上がった？」

「ええと……あ、はい。１つ上がりました！」

「おお、いいね」

　彼女はバッファーとして参加なので、分配される経験値は少ないはずだ。

にも拘わらず、一匹倒しただけでレベルが上がった。

　Gランクハンターにとって、Dランクの魔物の経験値がいかに美味しいかがわかる。

（パーティメンバーのレベルが一気に上がるのは楽しいけど……）

　明日斗には、とある懸念があった。

　低レベルのハンターを、難易度の高いゲートやダンジョンに連れて行きレベルを上げる。この行為を、パワーレベリングと呼ぶ。

　大手ギルドが新人育成などで行うくらい、パワーレベリングはメジャーな手法だ。

　レベルがサクサク上がる反面、スキル熟練度が上がらず中身がスカスカになるデメリットがある。

（……あまりレベルが上がりすぎると、神咲のスキル熟練上げが大変になる）

　前回、神咲は自分の力でトップランカーにまで成り上がった。

　今回もし明日斗が手を貸して、中身がスカスカな状態の神咲を生み出してしまったら？

――未来が、大幅に変化するかもしれない。

（将来、神咲にはランカーになってもらわないと困る）

天の魔物を相手に、まともに戦えていたのは彼女率いる私滅ギルドだけなのだ。その最大戦力の消滅は、将来天の魔物と戦おうとしている明日斗にとって最悪の未来だ。

（さて、どうしたものか……）

「結希さん、なにかありましたか？」

「あ、ごめん。ステータスを確認してた」

「そうでしたか、失礼しました」

さすがに「君の将来を考えていた」なんて口が裂けても言えない。

嘘をついたついでに、ステータスを確認する。

○名前：結希　明日斗（20）
レベル：23→24　天性：アサシン
ランク：E　SP：15→20
所持G：4→5
○身体能力
筋力：33　体力：25　魔力：4
精神：4　敏捷：48　感覚：24

○スキル
・初級短剣術Lv3（37％→45％）
・回避Lv3（21％→30％）
・跳躍Lv3（7％→13％）
・記憶再生Lv2（21％→35％）
・看破の魔眼Lv1（0％→51％）
・リターンLv1（31％）

（さすがDランクの魔物だけあるな）

コボルトを倒していた時とは比べものにならないほど、経験値も熟練度も上昇していた。

非常に美味しいが、危険度もこれまでとは段違いだ。念のため、明日斗は今の戦闘を加味した上で、必要と思われるステータスにポイントを割り振ることにした。

○名前：結希　明日斗（20）
レベル：24　天性：アサシン
ランク：E　SP：20→0
所持G：5

○身体能力
筋力：33　体力：25　魔力：4
精神：4　敏捷：48→60　感覚：24→32
○スキル
・初級短剣術Lv3（45％）
・回避Lv3（30％）
・跳躍Lv3（13％）
・記憶再生Lv2（35％）
・看破の魔眼Lv1（51％）
・リターンLv1（31％）

敏捷と感覚を上げておけば、先ほどよりは楽に攻撃が回避出来るはずだ。
ステータス画面を消して、明日斗は次の獲物を探す。
気配を察知。
神咲を下がらせて、戦闘態勢に入る。
前から一体のリザードマンが現われた。
相手が攻撃してくる前に、前へ〈跳躍〉。
――来る！

首をひねり、最低限の動きだけで攻撃を躱す。

(前より見える！)

攻撃直後で硬直したリザードマンの懐に入り込み、胸に短剣を突き出す。

一撃必殺に見えた攻撃は、

——カギッ!!

しかし、相手の肉体に刺さらず弾かれた。

(しまった、鱗かっ！)

明日斗は慌ててバックステップ。

硬直が解けたリザードマンが追撃を繰り出してくる。それを躱し、受け流しながら、距離をとる。

「ああ、惜しい。リザードマンの鱗に阻まれたな。倒し方は鱗の——」

「うるさい、黙ってろ」

失敗の原因も、改善点も、言われずともわかっている。

助言は必要ない。

逆に話しかけられると集中力が乱れる。

「……ケッ！」

ぞんざいな扱いを受けたアミィが、見るからにふて腐れた。

少しきつい言い方をしてしまったか。

申し訳ないとは思ったが、いまは構っている余裕はない。

前回の戦闘で明日斗は、リザードマンに一撃で致命傷を与えられた。

だから、相手に強力な鱗があることを失念していた。

リザードマンの体には、鱗がびっしり生えている。

これにより、ハンターの攻撃が弾かれることがある。

攻撃が弾かれない方法は、大雑把に三通りある。

一つは、鱗をも切断出来る武器で攻撃すること。

もう一つは、鱗がない弱点を狙うこと。

最後の一つは、鱗の隙間を狙うことだ。

前回は運良く鱗の隙間に刺さったが、今回はその鱗に弾かれた。

(大丈夫。冷静に……)

心を乱せば窮地に陥る。

〈リターン〉がある明日斗は、最悪失敗してもやり直せる。しかしながら、死はなるべく避けて通りたい。

事切れるまでは死ぬほどの激痛があるし、まだまだ強烈な恐れを感じる。戦うことで何かが得られるなら別だが、無駄死にだけは勘弁だ。

明日斗は深呼吸を行い、仕切り直す。

リザードマンの攻撃。

穂先を躱す。

「くっ！」
今回は、肩を浅く斬られた。
相手が明日斗の動きに対応してきているのだ。
軽傷を負った代わりに、相手の懐に深く潜り込んだ。
――今度こそ。
短剣を突き出す。
今度は、鱗の隙間を意識的に狙った。
だが、
――ガギッ！
またもや鱗に弾かれた。
相手の僅かな動きで狙いが狂ったのだ。
(もう少しだったのに！)
痛恨のミス。
しかしそれが、明日斗を燃やした。
「おいおい、ミスばっかだな。さっさと倒した方がいいぜ」
「……」
アミィの茶々は、もはや耳に入らなかった。
それだけ明日斗は深く集中していた。

――次こそは！

簡単には上手くいかないからこそ、夢中になれる。

着実に進んでいる実感があるからこそ、集中出来る。

難しい課題をクリアするからこそ――面白い！

斬って、突いて、蹴って、殴って、
回避、フェイント、バックステップ。

何度も何度も、明日斗はリザードマンに攻撃を仕掛ける。

リザードマンの体に、徐々に傷が増えていく。

相手の命を奪うまで、もう少しだ。

それがわかり、さらにギアが上がる。

徐々に、相手の動きに慣れてきた。

回避行動も、予測出来るようになった。

あとは短剣のスキル次第。

何度目の交錯になるか、明日斗はついにリザードマンの胸に、短剣を深々と突き刺すことに成功した。

今回は、運良く刺さったわけではない。

自らが狙って刺したのだ。

「よしっ!!」

明日斗は拳をぐっと握りしめる。

今回はかなり時間がかかってしまったが、コツは掴んだ。

次はもう少し短い時間で倒せるはずだ。

血振るいをして、短剣を鞘に収めようとした、その時だった。

「っ…………」

背後からか細い声が聞こえ、明日斗は即座に振り返る。

そこには、

「あ…………」

胸から短槍が突き出た、神咲の姿があった。

「あーあ。だからさっさと倒した方がいいぞって言ったじゃねぇか」

「なん……で……」

その短槍は、リザードマンのものだ。

神咲は背後から、リザードマンに襲われたのだ。

「後ろには、リザードマンはいなかったはずなのに……」

「リポップだよ。お前がちんたら戦ってるから、倒したリザードマンがリポップしたんだ」

こぽっ。

神咲の口から、大量の血液が溢れ出した。

その直後、彼女の目から生気が消えた。

「そんな……」

「なんだよ、リポップも知らなかったのか？　ダンジョンじゃ、モンスターを倒してもリポップするもんだよ」

いや、知っていた。

倒したら二度と魔物が復活しないゲートとは違って、ダンジョンでは時間が経つと、魔物が再出現することを……。

だが、戦いに夢中になって、完全に頭からその情報が抜けていた。

戦うことに精一杯で、それ以外の事が全く考えられなかった。

視野が、恐ろしく狭窄していた。

「あーあ、お前が無知なせいで、いたいけな少女の命が消えちまったな」

「くそっ!!」

明日斗は自分に、心底失望した。少しでも戦えるようになったと図に乗った自分に、腹が立った。

前回よりは、まだまともなハンターといえる。だが、明日斗はまだまだ実戦経験の少ない初心者だ。

一度のチャレンジで万全にクリア出来るほど、強くもない。

それがいま、身にしみた。

怒りが全身を熱くする。

明日斗は短剣を握り、前方に〈跳躍〉。

瞬く間にリザードマンとの距離をゼロにした。

明日斗の接近に、リザードマンが慌てて短槍を引き抜こうとした。
だが、遅い。
懐に潜り込んだ明日斗は、短剣を突き出した。
角度、速度、すべてが完璧な状態で、その切っ先が胸部に突き刺さった。
「――――ッ!!」
リザードマンの断末魔が響く。
もうじき、こいつは死ぬだろう。
だが、明日斗は手を休めない。
短剣を引き抜き、脇へ。
――ザクッ!!
適切な角度で入った刃が、リザードマンの肩関節を切断。
返す刀で逆の肩も切断。
さらに回転、回し蹴り。
リザードマンを、神咲から遠ざける。
短槍の支えがなくなり、力なく崩れ落ちる神咲を、明日斗は優しく抱き支えた。
急速に冷たくなる体温に、明日斗はぐっと奥歯をかみしめる。
「……ごめん」
血に濡れることも厭わず、ぎゅっと小さな体を抱きしめる。

将来、氷血姫と呼ばれるようになるとは思えない、華奢な体だ。無力な自分の無謀な行動のせいで、日本に必要不可欠なハンターを失ってしまった。

悔恨を、深く胸に刻み込む。

そっと、体を地面に寝かせて、手のひらで開いたまぶたを閉じてあげた。

程なくして、神咲の姿が魔石に変わった。

それは小指の先ほどもない、小さな魔石だった。

魔石を拾い上げ、手のひらでぐっと握りしめる。

(これが、神咲の重み……)

存在の対価。

将来トップハンターになる人材との交換にしては、その魔石はあまりに軽すぎた。

「……」

「残念だったな。好きになった子をこんな形で失うとは。でも、ハンターってのは命をかける仕事だろ。こういうことも日常茶飯事だって――」

「黙れ」

「――ッ!?」

口から漏れた言葉は、自分でもぞっとするほどダンジョンの中に冷たく響いた。

魔石を、あたかも人を埋葬するかのように、優しい手つきで地面に置いた。そして明日斗は立ち上がる。

「こりゃ、ダンジョン攻略は中止だな」

「いや、丁度いい機会だ」

「……はっ？　思い人が死んだのを、丁度いい機会だって言ったのか。お前、案外血も涙もない奴なんだな」

「だから、思い人じゃないと何度言えば――」

「もしかして、まだ狩りを続けるのか？」

「……ああ。どんなに魔物を倒しても、神咲はレベルが上がらないからな」

「あん？　なにスカした顔して、当たり前のこと言ってんだよ」

ここで投げ出せば、現実は変えられず、神咲も失われたまま、時間が進んでいく。

スキル〈リターン〉を使えば、最低でも神咲は生き返り、振り出しに戻る。だが、それではまた、同じ失敗を繰り返すだけだ。

二度と同じ失敗を繰り返さないために、明日斗は強くならなければならない。

――絶対に、強くなってやる。

○名前：結希　明日斗（20）
レベル：24→25　天性：アサシン
ランク：E　SP：0→5
所持G：5→7

○身体能力
筋力：33　体力：25　魔力：4
精神：4　敏捷：60　感覚：32
○スキル
・初級短剣術Lv3（45％→89％）
・回避Lv3（30％→64％）
・跳躍Lv3（13％→31％）
・記憶再生Lv2（35％→42％）
・看破の魔眼Lv1（51％→60％）
・リターンLv1（31％）

強い敵と戦いながら、試行錯誤を繰り返したおかげか。戦闘系の熟練度が大幅に増加していた。この調子なら、一度きりでも望んだ力に手が届く。

ステータスを閉じて、奥へと足を向けた。

ダンジョンを進みながら、リザードマンと戦う。

初めは、リザードマンの懐に入り込むのも難しかった。神咲のバフがなくなったせいだ。身体能力が落ちたことで、これまでのような戦い方が出来ないのだ。

それでも、明日斗はうまく動きを最適化して、リザードマンに迫る。

攻撃も、敏捷が鈍化したせいか、うまく隙間に刺さらない。それでも根気強く試行錯誤を繰り返しながら、明日斗は鱗の隙間を狙い続けた。

何十度、攻撃を繰り出したか。

明日斗はやっとリザードマンを倒した。

>>初級短剣術Lv3↓4（89%↓0%）

「はあ……はあ……」

後ろを振り返ると、新たな気配が近づいてくる。

前に倒した個体がリポップしたのだ。呼吸を整える暇もない。

新手と戦い、苦戦しつつも上手く短剣を操り、これを倒す。

>>初級短剣術Lv4（0%↓11%）

リポップした敵と戦闘に入り、倒してはまた、リポップした敵と戦う。

次第に、呼吸を整える時間が生まれた。リザードマンを倒す速度が上がったのだ。

〉〉初級短剣術Lv4（11％↓35％）

戦闘後、小休止を入れても敵がリポップしなくなったところで、明日斗は奥へと進み始めた。

遭遇する敵と戦い、攻撃を躱し、鱗の隙間を突く。いま、明日斗の頭の中にあるのはただ、効率よく敵を倒すことだけだった。

神咲の死も、夢見の滴も、ハウンドドッグも、一片たりとも浮かばない。

（もっと、もっと、もっと！）

明日斗は、どこまでも強くなりたかった。

もう二度と、自分のせいで誰かの命が失われないように。

どこまでも強くなって、弱いくせに傲っていた自分を、完全否定するのだ。

明日斗が持っている武器は、Dランクの魔物を相手にするには圧倒的に性能が足りていなかった。

軽い攻撃ではダメージが与えられない。相手を倒すには、一撃必殺が求められた。

もし良い武器があれば、これほど明日斗は苦戦しなかっただろう。しかし奇しくもその境遇が、天性を開花させた。

〉〉新たな偉業を達成しました
・天性アサシンの持ち主が、格上の魔物百体を一撃で倒す（100／100体）

報酬1：致命の一撃
報酬2：感覚＋10

そのポップアップを見て、明日斗は足を止めた。

インベントリを確認すると、新たにスキルスクロールが出現していた。

「致命の一撃？」

「なんだ、どうした？」

「ん、ああ。偉業達成で致命の一撃ってスキルが貰えたんだ」

「そりゃすげぇ。致命の一撃は、ショップにも売ってねぇから、めちゃくちゃレアスキルだぜ！」

「そうなのか」

「一体、どういう条件だったんだ？」

「アサシンが格上の魔物百体を一撃で倒す」

「…………それ、お前以外に達成出来る奴いるのか？」

「知らん」

早速使って、効果をチェックする。

○致命の一撃（SR）
説明：命を刈り取る一撃を繰り出す。クリティカルヒットが発生しやすくなる。不意打ちを行えば、

クリティカル発生率が倍増する。※アサシン専用

専用スキルを入手したのはこれが初めてだ。共通スキルとは違い、専用スキルは指定された天性の持ち主にしか使えないが、その分性能が格段に良いと言われている。

今回のスキルは、アサシン専用だけあって、アサシンらしいものだった。

一撃で倒すことに専念していなければ、入手出来なかっただろう。

スキルの取得ついでに、ステータスを確認する。

○名前：結希　明日斗（20）
レベル：25→33　天性：アサシン
ランク：E→D　SP：5→45
所持G：7→145
○身体能力
筋力：33　体力：25　魔力：4
精神：4　敏捷：60　感覚：32→42
○スキル
・初級短剣術Lv4→中級短剣術Lv1（35%→1%）
・致命の一撃Lv1（0%）NEW

・回避Lv3→4（64%→74%）
・跳躍Lv3（31%→94%）
・記憶再生Lv2（42%→87%）
・看破の魔眼Lv1（60%→98%）
・リターンLv1（31%）

いよいよ、中級ハンターと呼ばれるDランクに足を踏み入れた。

おまけに、これまで積み重なった偉業達成ボーナスは、SP39ポイント――約レベル8アップ分に相当する。

それを加味すると、実質Cランク相当のステータスになる。これで以前のように、最弱ハンターと笑われることは二度とないだろう。

熟練度もかなり増加している。短剣術に至っては、レベル5に到達したことで、中級スキルにアップグレードしていた。

「中級は……たしか、ショップだと十万ゴールドだったか」

絶対に入手出来ないこともないが、育てる方が圧倒的に安く済むため、わざわざ中級スキルを購入するものはいない。

いるとすれば、パワーレベリングで中身がスカスカになったハンターくらいなものだろう。それでも、ゴールドが足りずに購入出来ない者がほとんどだが。

○名前：結希　明日斗（20）
レベル：33　天性：アサシン
ランク：D　SP：45→0
所持G：145
○身体能力
筋力：33→48　体力：25→35　魔力：4
精神：4　敏捷：60→80　感覚：42
○スキル
・中級短剣術Lv1（1％）
・致命の一撃Lv1（0％）
・回避Lv3→4（74％）
・跳躍Lv3（94％）
・記憶再生Lv2（87％）
・看破の魔眼Lv1（98％）
・リターンLv1（31％）

ステータスを振り終えたところで、明日斗は自らの下に迫る気配を感知した。

リザードマンだ。

「丁度いい」

ステータスを割り振った後の動きを確認したかったところだ。

明日斗は短剣を握り、相手を待ち構える。

ダンジョンの奥から、リザードマンの姿が現れた。

その瞬間、前方に〈跳躍〉。

一秒で、二十メートルの距離をゼロにする。

素早い接近に、相手は対応出来ていない。その隙に明日斗は右手を軽く突き出した。

――ザクッ!!

短剣は、狙い違わず鱗の隙間をすり抜けて、リザードマンの胸の奥――心臓に突き刺さった。

その感触を確かめて、一気に引き抜く。

胸から、ドクドクと血液が溢れ出す。

反撃するつもりか、短槍を引き絞る。

だが、出来たのはそこまでだった。

リザードマンの体から力が抜け、地面に倒れ込んだ。

敵が現われてから倒すまで、たったの二秒。上出来だ。

「……準備完了」

「おお、すげぇ強くなったな！　ダンジョンに入った頃とは別人みたいだぜ。で、これからどうすんだ。そろそろボスでも倒すのか？」

「いや、戻る」

「そっか、今日はかなり戦ったしな。早く家に帰って、疲れをとった方がいいぜ」

アミィの言葉を聞きながら、明日斗は短剣を抜いた。それを両手で握りしめて目を瞑り、深呼吸。

再び瞼を開いた時、力一杯自らの胸に短剣を突き立てた。

ザクッ。瞼の裏が赤く染まる。

あまりの激痛に、叫び声を上げる。

だが、喉の奥からはシュウシュウという掠れた声しか出てこない。

「ハァァ⁉　おま、何してんだよ⁉」

「……も、戻るんだ。すべてを、やり直す、ために」

弱くて情けない自分を否定するために。

誤った道を、分岐点からやり直すのだ。

「やり直す？　……ッ！　そうか、だからお前は――」

どうやら、アミィは明日斗のスキルに感づいたらしい。たった一言で気がつくとは、侮れない。

試しにアミィの理解力を探ってみたが、想像以上だった。

(今後はより、用心した方がよさそうだな)

アミィの頭の良さがわかったところで、意識が遠のいていく。

――次は、絶対に失敗しない。

薄れた意識の闇の中で、明日斗はダンジョン完全攻略の強い決意を固めたのだった。


（この人についてきて、本当に良かったのかな）

神咲真生は、ダンジョンを進む青年の後ろ姿を眺めながら、小さくため息を漏らした。

彼は結希明日斗というハンターで、先ほど真生が声をかけて依頼を引き受けてくれた。

先日のアウトブレイクで、母親が重傷を負った。手術を行ったが、それは最低限の延命措置にしかならなかった。

昏睡状態の母を助けるためには、回復アイテムが必要だった。それも、特級ランクのアイテムだ。

困り果てた真生に、天使のアイムが教えてくれた。

『夢見の滴ってアイテムがあってね、夢を叶えてくれるんだって。これを手に入れれば、お母さんを助けられるんじゃないかな？』

アイムはハンターとして覚醒したおりに現われた、高位の存在だ。

天使のことは有名で、ハンターになる前から知っていた。

曰く、覚醒者を導く別次元の存在。

それは、ハンターに適切な助言をしてくれる。よくわからない武具やスキルを、解説とともに教えてくれる。ハンターにとって天使は、貴重なサポート役だった。

そんな天使のアイムから、『夢見の滴』の話を聞き、真生はなんとしてでも入手しようと奔走した。

滴の出るダンジョンはDランクで、とてもではないがGランクの真生では攻略出来ない。

ならばと他のハンターからの購入を考えた。しかし母親の医療費で貯蓄のほとんどが消えており、家には滴を購入するお金がない。

苦肉の策で、真生はダンジョンをともに攻略するハンターを募集していた。

なんとしてでも母を助けたい。その思いが通じたか、結希が引き受けてくれた。

だが、どうにもおかしい。

Dランクのダンジョンは普通、パーティで攻略するものだ。彼は仲間を呼ぶわけでもなく、真生と二人でダンジョンに足を踏み入れた。

(まさか、乱暴するつもりじゃ……)

最悪の未来がよぎったが、であればダンジョンに入るのはおかしい。そんなところで乱暴を働けば、後ろから魔物に襲われる。

(一人で攻略するつもり？　本当に……？)

一見すると、初心者ハンターにしか見えない。武器は普通の短剣一本だけだし、防具はない。普通の衣服を身につけているだけだ。

こちらの要請に応えようとしてくれているのは、非常にありがたい。だが、命の危険に晒すわけにはいかない。

結希を引き留めようかどうか、迷っている時だった。

「神咲さん、バフをお願い」

「はい」

「それと、少し下がってて」

「は、はい」

言われた通り、〈大征伐〉を使用する。

ふわり、体が軽くなる。スキルの発動が成功したのだ。

（良かった、ちゃんと使えた）

スキルの使用に慣れていないため、上手く発動するかどうか不安だったが、無事発動しほっと胸をなで下ろす。

それからすぐに、五メートルほど後ろに下がった。

これから、戦闘が始まる。その気配をチリチリとするうなじに感じる。

（――来たッ！）

ダンジョンの奥から、短槍を持った魔物が現われた。

トカゲのような見た目で、二足歩行をしている。

その姿を見た瞬間、真生は彼我の差を悟った。

（絶対に、勝てない）

まるで太刀打ち出来ない。

瞬き一つしただけで、絶命する未来が見えた。

逃げようとしても、逃げ切れまい。

即座に後ろから槍を突き刺されるはずだ。

恐怖に、心が飲み込まれそうになった。

次の瞬間だった。

――ザクッ!!

気がつくと、結希の姿がリザードマンの目の前にあった。

その手で握った短剣が、深々と胸に突き刺さっている。

(い、いつの間に……!)

真生は、全体を見ていたつもりだった。だが結希の姿はまったく認知出来なかった。近づく姿だけでなく、動いたことさえわからなかった。

驚き呆けている間にも、リザードマンが前のめりになって地面に倒れ込んだ。

たった一撃で、結希は魔物の命を刈り取ったのだ。

「……すごい」

それ以外の言葉が思い浮かばない。

ハンターランクは全部で十段階あると言われているが、一段階変わるだけでも、戦闘力が大幅に変化する。たとえばEランクのハンターを押さえ込むには、Fランクのハンターが十人は必要と言われる。

現在真生はGランクだが、自分が100人束になっても結希を押さえ込めるとはまるで思えない。

さらにリザードマンを圧倒したところを見るに、最低でもDランクはあるだろう。

(結希さんって、ベテランハンターさん!?)

人は見た目によらないとはいうが、これほどとは想像もしていなかった。

短剣を鞘に収めた明日斗が、すぐに奥に歩き出そうとした。

「ゆ、結希さん。魔石はいいんですか？　結構な価格で売却出来ますけど」

「うん。魔石に変わるまで待ってたら、魔物がリポップするかもしれない」

「リポップ……？」

「倒した魔物が復活すること」

「そ、そうなんですか」

「すぐにリポップするわけじゃないけど、万一討伐に時間がかかったら、後ろから襲われかねないからね」

「ひっ……」

結希が戦っている間に、後ろから忍び寄るリザードマン。

その攻撃が胸を貫く瞬間まで、不思議なほど生々しく想像出来た。

(なんでこんなにはっきり想像しちゃったんだろう)

普段は考えたこともない、グロテスクなシーンだった。

真生は己の想像力の豊かさを呪う。

「今回は稼ぎに来たわけじゃない。もったいないけど、先を急ごう」

「は、はい！」

そこから、結希の快進撃が始まった。

リザードマンは恐ろしい。真生が戦っても、手も足も出ずに殺される。しかし、そんなリザードマンでさえ、結希には指一本触れられなかった。

（すごい……）

これなら、確実に夢見の滴に手が届く。

その予想は現実のものとなる。

ダンジョンで一番奥の部屋に到着するなり、結希がボスに攻撃を仕掛けた。

ボスは、二回りほど大きなリザードマンだった。

鋭い瞳を見た瞬間、真生は呼吸が止まった。

それはバンジージャンプで飛び降りた瞬間、ゴム紐がないことに気づいた時のような気分だった。

——死。

睨まれただけで、死を連想した。

背中に冷たい汗が流れ落ちる。

そんなボスを相手に、結希は華麗に立ち回った。

相手からの攻撃を一切許さず、致命的な攻撃を一方的に繰り出し続けた。

さすがに、通常モンスターのように一撃で倒せる相手ではなかった。だが結希は相手の生命力を確実に削っていく。

そして、

——ずぅぅん。

ボスリザードマンの巨体が、ついに地に伏した。

血振るいして短剣を鞘に収める結希を見て、真生の鼓動が上がる。

(かっこいい……)

「ねえ真生」

「ひゃうっ!?」

不意にアイムに声をかけられ、真生は口から心臓が飛び出そうな程驚いた。

「な、なにかなアイム」

「あのお兄さん、すっごく強いね」

「う、うん」

「おかげで夢見の滴が手に入ったね!」

「うん!」

これで、母親が助けられる。最悪の未来を回避出来たことに、真生はほっと胸をなで下ろした。

世界には間違いなく神様がいて、本当に困った時に救いの手を差し伸べてくれる。そう思えるほど、今回の巡り合わせは奇跡的だった。

ハンターに覚醒していなければ、アイムから夢見の滴の話を聞けなかった。夢見の滴の確保に動いていなければ、結希明日斗には出会えなかった。

「神様……ありがとうございます」

どの神様かわからないが、この運命をたぐり寄せてくれた何かに対して、真生は手を合わせ感謝した。

その横で、アイムが微笑んだ。

しかし気のせいだろうか。一瞬――ほんの僅かな間だけ、恐ろしく邪悪な笑みが浮かんだように見えたのは……。


ボスを倒した明日斗は、熱くなった呼吸を落ち着かせる。

明日斗の短剣術は中級に上がり、ステータスも実質Cランク分のポイントが割り振られている。それに加えて、神咲の〈大征伐〉バフもあった。

おかげでDランクダンジョンのボス『エリートリザード』に圧勝出来た。あとはインベントリに『夢見の滴』が入っていれば、ミッション完了だ。

「おいアミィ、ここのボスからの夢見の滴ドロップ率はどれくらいだ？」

「おおっ？　オイラを頼るなんて珍しいな！　いいぜ、よく聞け。33％だ」

「……低いな」

「これでもいい方なんだぜ？　もっとレアリティが上がると1％を切るもんもあるからな」

ゲートクリア報酬やボスドロップは、討伐に参加したハンター毎に抽選が行われる。なので大規模ギルドがゲートやダンジョンを攻略する場合は、毎回抽選に参加出来る最大人数の十六名でパーティを組む。それが一番儲けが多くなるからだ。

さておき今回、夢見の滴を1つでも得られる確率の合計値は、二人で約55%。確実とは言いがたい数値だ。

ノーマルモンスターとは違い、ボスモンスターはリポップにかなり時間がかかる。早ければ一日でポップするが、遅いものだと一ヶ月かかる場合もある。

(これで出なかったら、〈リターン〉でやり直すか)

明日斗が祈るように、インベントリを開く。

そこには、

「あ、あった」

夢見の滴が入っていた。そのアイコンを見て、明日斗はやっと肩から力が抜けた。これで目標達成だ。

さらに喜ばしいことに、今回の討伐で偉業も達成出来た。

〉〉新たな偉業を達成しました

・同ランク以上のエリート級の魔物をノーダメージで討伐する。

報酬：敏捷＋15

下位ランクも含めてノーダメージ討伐なら、達成出来る者は少なくないだろう。

だが、同ランク以上となると話は別だ。

これが出来るのは、縛りプレイが好きなハンターか、高ランクのバフが貰える回避型のハンターだけだろう。

（難易度が高い偉業なだけあって、報酬も格別だな）

これで、レベル3つ分ステータスが上乗せされた。

○名前：結希　明日斗（20）
レベル：33→34　天性：アサシン
ランク：D　SP：0→5
所持G：145→376
○身体能力
筋力：48　体力：35　魔力：4
精神：4　敏捷：80→95　感覚：42
○スキル
・中級短剣術Lv1（1％→8％）

・致命の一撃Lv1（0%↓40%）
・回避Lv3↓4（74%↓5%）
・跳躍Lv3↓4（94%↓2%）
・記憶再生Lv2↓3（87%↓0%）
・看破の魔眼Lv1↓2（98%↓1%）
・リターンLv1（31%）

「神咲さん、夢見の滴はドロップした？」

「えっと、ドロップはどうやって確認するんですか？」

「ああ。システムにある、ショップのカートを開くとみられるよ」

「そうだったんですね……ええと……あっ、ありました!!」

ダンジョンの壁に、歓喜の声が大きく響いた。

まさか二人同時に入手していたとは思わなかった。

「運がいいな」

夢見の滴はレアアイテムではないが、最低十万円から取引されている。

（神咲が手に入れたなら、これは売ってしまっても構わないよな）

十万円あれば、ネットカフェに50日は宿泊出来る。しばらくの間は、寝床に困ることはないだろう。

「うん……うん……わかった。これを使えばいいんだね」

明日斗が皮算用をしている間、神咲が空中を見ながら何事かをつぶやいていた。天使と会話しているのだ。

不意に、神咲が琥珀色の液体が詰まった瓶を取り出した。

――夢見の滴だ。

「ん？　神咲さん、それは別にいま取り出さなくても――」

「じゃあ、使うね」

「えっ、ちょっと待――」

明日斗が止めるより早く、神咲が瓶の蓋を開封した。次の瞬間、花の香りが漂い……意識が……幻に包まれた。

『おね……がい……やめ……て……』

聞こえるのはベッドのきしみ。男の荒い息。何度も殴られたのだろう、神咲の顔が無残に腫れ上がっていた。

母親を助けるために、夢見の滴が欲しかった。そのために、来る日も来る日もハンターに助けて欲しいと声をかけ続けた。

母の命のリミットが近づいて来た頃だった。ようやっと協力してくれるハンターが見つかった。

これでお母さんを助けられる！

喜んだのもつかの間、強面のハンターに連れられてきたのは、狭くて汚い地下室だった。そこから神咲は、暴力で抵抗する意思をへし折られ、尊厳を奪われ、人格を破壊された。

神咲がずっと見ていたのは、男達の肩に刻まれた、オオカミの入れ墨だった。

数時間後、ゴミのように捨てられた神咲は、その足で母のいる病院に向かった。

もう何も考えられない。今はただ、母の顔が見たかった。

——だが。

『誠に残念ですが——』

母は既に、亡くなっていた。

顔に乗せられた白い布。

電源が切られた心電図。

ぽかんと、その場だけ時間が止まったような、ベッドの上。

ふらふらとベッドに近づき、神咲は白い布をとった。

そこには、生前と変わらぬ母の顔があった。

死んだとは思えないほど、母は安らかに眠っていた。

『——あああぁぁぁあああ!!』

それ以来、神咲は二度と笑わなくなった。

ただひたすら魔物を討伐した。あたかも、そうすることでしか、心の痛みを鎮めることが出来ないとでもいうかのように……。

「く……ハッ……！」

意識が戻った時、明日斗は自らの胸元をきつく握りしめていた。そうしなければ、自分の居場所すら危うくなりそうだった。

「なん、だ、今のは……」

先ほど見た幻覚は、今の神咲ではない。おそらくは、前回の神咲が辿った記憶だ。

（だが、夢見の滴の効果としてあり得ない……）

夢見の滴は、文字通り夢を見るアイテムだ。無作為に選ばれた本人の記憶の断片が、ランダムに結びついて夢が発生する。目が覚めた後もはっきりと覚えており、性質としては明晰夢に近い。

それ以外の効果がなく、中毒性すらもないアイテムなので、一般人の需要はない。

しかし、ポールマッカートニーが夢でLet It Beのメロディを思いついたように、夢は時折創造的なアイデアを与えてくれる。そのためクリエイターなどには人気の商品だった。

商品説明にある『夢を叶える』という言葉も、嘘は言っていない。

それだけに悪質だ。

さておき、夢見の滴には、夢を見る効果はあれど、別の未来の出来事を夢見る効果はないはずだった。

（……まさか、〈リターン〉のせいか？）

明日斗は〈リターン〉スキルを持っている。その結果、本来は起こり得ない未来と、現在の情報が結びついた。

しかし、夢の中には明日斗も知らない出来事があった。

(あれはもしかすると、夢見の滴の解明されていない効果なのかもしれないな)

想像にしては、あまりに生々しすぎる。あまりに衝撃的すぎて、吐き気がするほどだ。あれが明日斗の記憶だけで作られたとは、到底思えなかった。

「う……あ……」

神咲のうめき声を聞き、明日斗は一旦考察を中断した。

「神咲さん、大丈夫？」

「え……あ、はい……。ええと、今の……夢？　……は、なんだったんでしょうか？」

嫌な予感がした。

このまま尋ねず、何事もなかったようにダンジョンを出て、彼女と別れてしまえ。そうは思ったが、あんな最低な夢を見た直後だ。聞かずにはいられない。

「……もしかして、知らなかったの？」

「何がですか？」

「夢見の滴は、夢を見るアイテムだ」

「夢を、かなえるんじゃ……？」

「ある意味においては。夢が見たい人に、夢を見せるから、夢を叶えるとも、言えるんだ」

「…………ッ！　騙したなアイム!!」

神咲が鋭い剣幕で空中を睨付けた。

そこに、件のアイムがいるのだ。

――弱った神咲を悪意で唆した、最低の天使が。

「……だって、アイムはお母さんを助けられるって………えっ、そんなことは言ってない？　けど、絶対に…………嘘だ」

神咲の瞳が、絶望に染まる。

天使は嘘をつかない。

だが、真実を言っているとも限らない。

おおかた、『母を助けられるかもしれない』とでも言ったのだろう。天使の手口を知っている明日斗は、アイムのやり口が簡単に想像出来た。

「そん、な……酷い。お母さん、助けられると……思ってた、のに。信じてた、のに」

もはや気力さえ失われたように膝が折れ、ストンと尻餅をついた。ぼろぼろと、神咲の目から涙がこぼれ落ちる。

ぽた、ぽた、ぽた。

涙の滴が地面に落ちる小さな音に、明日斗は震えるほど拳を強く握りしめる。手の内側に爪が突き刺さり、プチプチと皮膚を突き破る。

「もっと早く気づいていれば」

明日斗ならば、神咲が夢見の滴の効果を勘違いしていることに、もっと早く気づけた可能性があった。

だが、気づけなかった。

それは明日斗が神咲を、強い頃の氷血姫と重ねていたせいだ。

氷血姫なら、こんな単純な間違いを犯すはずがない。なにか考えがあるはずだ。たとえば――夢見の滴を売却すれば、回復アイテムに手が届く……とか。

だが、実際は違った。

(俺が知っていたのは、十年後の神咲だ。連戦連勝で、強かった頃の姿だ。今の神咲を、俺は何も見ていなかった……)

己の先入観のせいで、天使の甘言にまんまと騙され絶望の淵に落ちゆく神咲を、救うことが出来なかった。

後悔が激しく胸を焼く。

その時、ボス部屋に何者かが近づいて来た。


「ん、誰かいるぞ?」

ハウンドドッグ、ダンジョン攻略リーダー新城《しんじょう》が、その気配に気づき足を止めた。じっと目をこらすと、ボス部屋にボスはなく、人間が二人いるのみ。

「おい見張り役三人、てめぇらよそ者の侵入を見逃しやがったな!?」

「ひっ」「すみません!!」「ち、ちゃんと見張ってたんですけど、人が入ったようには――」

「――るせぇ死ね!!」

リーダーは怒りのまま、見張り三人を殴りつける。

倒れたところをさらに上から殴る、殴る、殴る……。

「ず、ずびばぜん……」「ゆるし、て……」「ひう……」

見張りの男達は顔面血だらけになりながら許しを請う。

だが新城は決して、彼らを許さない。

ハウンドドッグは力こそが正義。これで手を緩めては周りに示しが付かないし、舐められれば指揮系統が崩壊する。

男達が白目を剥いて気絶したころ、ようやっと新城は拳を降ろした。

「さて、と」

振り返り、二人のハンターを眺める。

一人は男性で、二十歳前後といった見た目だ。品行方正な顔立ちで、涼しげな表情など浮かべようものなら女好きしそうである。

(ケッ、イケメンめ、ぶち殺してぇ)

もう片方は、顔がよく見えないが女性である。

どちらも装備は初心者の域を出ないもので、辛うじてある武器もまた、ゴールドショップに格安で販売されているものだった。

(クソ雑魚じゃねぇか!)

相手を見切った新城は、肩で風を切りながら二人に近づいた。

こちらは平均Dランクのハンターが十六人――見張りが三人気絶したが、十三人は戦える。対して
あちらはたったの二人。それも初心者だ。

――殺生与奪権はこちらが握っている。

「おいクソ野郎。よくも俺たちハウンドドッグのシマに手ぇ出しやがったな」

「……」

「くそっ、ボスまで狩りやがって!」

新城は男の足下に落ちている大きな魔石を見て悪態をついた。どうやら彼がボスを討伐してしまったようだ。

(なんてこった。これからボスを倒す予定だったってのに……)

新城は血がにじむほど奥歯を噛む。

最低でも、ボス討伐分の金は巻き上げなければ、ギルドの幹部に殺される。このダンジョンの討伐
チームリーダーを任された新城は、粛正の二文字に怯えた。

「どう落とし前をつけてやろうか」

「おっ、新城さん。あそこの女、かなりな上玉ですぜ!」

「……そりゃいい」

女を幹部への手土産にすれば、こちらの被害はある程度軽減出来る。

「おいテメェ、そこにいる女を置いていけ。そうすりゃ半殺しで済ませてやる」

無論、半殺しで済ませるはずがない。飽きるまで殴り、飽きたらダンジョンの中で殺して魔石に変える。

報酬の魔石が一つ増えるついでに、口封じも出来る一石二鳥の手だ。

新城の言葉は、しかし男の耳にまるで入っていない様子だ。足下の魔石をポケットに入れ、女の手を取った。

「おいテメェ、聞いてんのか⁉」

「ぶっ殺すぞコラァ‼」

「すかしてんじゃねぇぞ‼」

仲間達が一斉に怒声を上げた。

だがそれにすら、男は一切反応せず、

「行こう」

ただ一言静かに、女を誘導した。

「……ぶっ殺してやる」

ここまでコケにされたのは初めてだ。

このままでは自分だけでなく、ハウンドドッグも舐められる。

この世界は舐められれば終わりだ。地盤が一気に崩落する。

新城は抜剣し、いつでも男を切れるよう構えた。

だが、

「やめておけ」

「「「――――ッ!?」」」

たった一言で、その場が凍り付いた。

男は大声を出したわけでも、強い言葉を放ったわけでもない。

だが、ただ「やめておけ」と言われただけで、体が痺れたように動かなくなってしまった。

(くっ、なんだこれは。まさか、魔術か!?)

弱体化魔術の中には、動きを拘束するものがある。

まさかそれを使ったのではないか？

その思いはすぐさま打ち砕かれた。

「今は、誰でも殺す気分なんだ」

「――――ッ!!」

男は、新城が見たことのないような瞳をしていた。

ハウンドドッグのギルマスや、幹部たちよりも、恐ろしい。

あれは、人を殺したことのある目だ。

それも、一人や二人じゃない。十や二十を軽く超えている。

男は、言葉の脅しや武力のハッタリが通じる相手ではない。

――本物だ。

（死ぬ。……殺される!!）

ガクガクと足が震える。

だがその震えさえ、動いていると見なされれば殺されるのではないか？

恐ろしくて、必死の思いで震えを力で抑えつける。

威圧により身動きが取れなくなった新城は、ただ男たちが通り過ぎるのを、黙って見守ることしか出来なかった。

「今は、お母さんと一緒にいたほうがいい」

ダンジョンを出て地上に戻った明日斗は、神咲を母親のいる病院まで送った。さらに、近くにいた看護師に、彼女の様子を見てもらうようお願いした。

そうしなければ、どんな無謀な行動をとるかわからない。病院へ送っていったのも、その場で別れれば何をするかわからないからだ。

それほどまでに、神咲は追い込まれているようだった。

無理もない。アウトブレイクで重傷を負い、死が間近に迫っている。そんな母を急ぎ救うため、天使の言葉を信じたせいで、貴重な時間を無意味に失ってしまったのだから。

天使の裏切りに深く傷つき、己の無知に後悔しているはずだ。そんな彼女を、放っておくことなど出来なかった。

「そんで、今日は家に帰るのか？」

「……ああ」

「やっとかよ。オイラ、もうくたくただぜ」

「……」

「おい、なんとか言えよ。天使は疲れないんじゃないのかーとか」

「……」

「チッ、つまんねぇの」

アミィの絡みを無視して、明日斗は格安コインロッカーに向かう。そこに預けている私物を取り出し、なじみのネットカフェに入った。

「お前、普段からこんなところで寝泊まりしてんのか？」

「ああ」

「家はどこにあるんだ？」

「そんなものはない」

「えっ、いや、冗談だろ？」

「冗談だったら良かったな」

「……まじかよ」

ナイトプランのお金を支払い、備え付けのシャワーを浴びた。

ブースに戻り、タイマーをセット。椅子の背もたれを倒せるだけ倒し、背中を預けて瞼を閉じる。

普段寝る時間よりもかなり早かったが、疲労がたまっていたのだろう、明日斗はあっさり意識を失った。

3章　死を乗り越えた先にあるもの

五時間後、明日斗はタイマーの音で目を覚ました。

時計を確認すると、午前二時。ド深夜だ。

すぐに椅子から立ち上がり、支度を調えネットカフェを出た。

「おい、やけに早いじゃねぇか。お前、普段からこうなのか？」

「いいや」

「じゃあどうしたってんだよ？」

「なあ、アミィ。もし俺に、次に出現するゲートがわかるスキルがあるっていったら、信じるか？」

「……なるほど、そういうことか」

(やはり、頭の回転が速い)

小さなヒントから答えを導き出す明晰な頭脳は厄介だ。嘘をついても簡単に暴かれる。

しかし今回、明日斗は嘘をついていない。その回転の速さを利用して、真実であるように思い込ませたのだ。

「だからお前は、ゲートが出現する前にあの丘で待機してたんだな。ってことは、こんなに早く起きたのは、ゲート目当てか」

「ああ」

これからとあるゲートに向かう。もしそのゲートの出現に立ち会うことになれば、アミィは必ず明日斗を疑う。

偶然という言い訳は、もはや通用するまい。

ならばと明日斗は先手を打ち、〈リターン〉ではない、別の能力があるかのように勘違いをさせた。

アミィはステータスが見られない。だから明日斗が嘘は言っていないが、真実も言ってないことに気がつくことが出来ない。

（これで、準備は万全だ）

御茶ノ水にあるとある広場にやってきた。

ここは江戸時代、お寺の境内から綺麗な水が湧き出ており、これを将軍にお茶用の水として献上したことから、その名が付いた。

現代においても水が湧く場所があるが、当時と同じ味かどうかは不明である。

目の前を流れる神田川を眺めながら、明日斗はその時を待った。広場に着いてから、一時間が経過した頃だった。

「……きた」

空間が歪み、ゲートが出現した。そのサイズは、人が横に五人並んで入れるレベルだ。

「こりゃ、すげぇ高いランクのゲートが出たな。本当に行くのか？」

「もちろん、行くさ」

「お前のレベルじゃ死ぬだけだと思うぜ？」

「死んでも成すべきことがあるんだ」

今回、神咲の人生に迂闊に足を踏み入れたせいで、本来あるべき未来が大幅に変化した。

良い変化ならば問題なかった。だが実際に出来たことは、オオカミの入れ墨集団から神咲の純潔を守ったくらい。

彼女の夢は砕かれ、母親は未だ昏睡したままだ。最悪、今回介入したことで将来ランカーになる可能性すらも消してしまった可能性さえある。

（このままでは、終われない）

神咲の力は、将来必ず必要になる。だから明日斗は、最低でも彼女を元のランカールートに乗せなくてはならない。

その上で、最良の未来をつかみ取るのだ。

ハンター協会にゲート出現の報告を行う。職員が現われ、権利が確定すると同時に、明日斗はゲートに足を踏み入れた。

ゲートに入るとすぐに、魔物の気配を感じた。

記憶によるとここは、Bランクのボス討伐型ゲートだ。

今の明日斗の実力では、クリア可能な難易度ではない。

——あくまで、今の明日斗ならば、の話だ。

>>メモリポイントを上書きしました。

・ポイントA　2030年4月5日12：00
・ポイントB　2030年4月8日03：37　NEW

メモリポイントをしっかり上書きし、走り出した。

通路の向こうから現われたのは、明日斗よりも二回り以上大きな人型の魔物——オークだった。

体は丸くずんぐりむっくりして見えるが、侮ってはいけない。

あの丸い体系はほとんどが筋肉だ。防具もない明日斗は、一撃でも食らえば死ぬ。だがそれは、これまでも同じ。

「シッ!!」

勢いよく短剣を突き出した。

オークの体に突き刺さるも、浅い。

慌てずバックステップ。

刹那、眼前を何かが通り過ぎた。

オークの棍棒だ。

万一回避が遅れていれば、今頃明日斗の頭は地面に落ちたスイカのように弾けていたに違いない。

棍棒が残した風圧が、その威力の高さを物語っている。

——だからなんだ！

明日斗は足を使い、オークを攪乱する。

斬って、突いて、殴って、蹴って。

フェイント、回避、一撃必殺。

明日斗の攻撃が、やっと急所に到達した。

だが、まだ殺すには至らない。

（さすがBランクのモンスターだ……）

殴打や蹴りを用いたが、まるで大木を攻撃したような手応えが返ってくる。

ちっとも通じた気がしない。

Dランクだったリザードマンとはまるで手応えが違う。

それも、無理はない。ランクは一つ上がる毎に、戦闘能力が十倍近く膨れ上がるのだ。おまけに現在、ここには神咲がいない。〈大征伐〉バフがないため、リザードマンの時のようには戦えない。

――それがどうした!!

明日斗はいつだって、戦いたかった。

だがずっと戦えなかった。

戦うチャンスすら与えられなかった。

それが、今はどうだ?

こんなにも自由に戦えるじゃないか！

どんなに高いハードルだろうと、自由に立ち向かうことが出来る。

目の前に分厚い壁があるのなら、砕けるまで殴り続ける自由がある！

再び急接近、相手の攻撃の勢いに、合わせる。

紙一重で棍棒を回避。

風圧が、三半規管を揺さぶった。

だが、

――ザクッ!!

明日斗の短剣が、今度こそ胸の奥まで深々と突き刺さった。

自分の力だけで足りないのなら、相手の力を利用する、カウンターが綺麗に決まった。

巨大な体躯が、音を立てて地面に倒れ込んだ。

「はぁ……はぁ……」

呼吸が熱い。

たった一分そこその戦闘だというのに、これまでにないほど体力を消耗している。より大きく、力強く動いているせいだ。

しかし呼吸を整える暇はなさそうだ。周りにはすでに、オークの新手が現われている。

「いいさ」

――命が欲しければくれてやる。

――ただし、勝つのは俺だ。

「うおおおおお!!」

獣のような雄叫びを上げ、オークに挑みかかった。

》》条件：スキル主の死亡を確認
》》スキル：〈リターン〉が発動
》》メモリポイントBにて復帰します

オークの動きは遅いが、力が凄まじい。その攻撃を警戒するあまり、動きが大きくなりすぎている。

明日斗は自らの動きの問題点を洗い出し、対オークに最適化していく。

一番最初の戦いで、綺麗に決まったカウンター。

（あれをものにできれば、オークを楽に倒せるようになる）

明日斗はオークの攻撃を、なるべく紙一重で躱し――、

》》条件：スキル主の死亡を確認
》》スキル：〈リターン〉が発動
》》メモリポイントBにて復帰します

ギリギリを攻めすぎた。

攻撃を見つつ、急所を同時に狙うのは、なかなか難しい。

だが、出来る。出来なければ、出来るまで命をかければいい。

攻撃を回避しながら、カウンターの隙を探る。
少しずつ、ギアが上がってきた。
相手の攻撃も、いまでははっきりと捉えられる。
（来るッ！）
踏み込みながら、攻撃を躱す。
一撃必殺。
全力の突きが、オークに向かう。
だが、
「なっ⁉」
胸に短剣が刺さる直前、オークが空いた腕で胸をガード。
その前腕部に、短剣が突き刺さった。
「しま――」

〉〉条件：スキル主の死亡を確認
〉〉スキル：〈リターン〉が発動
〉〉メモリポイントBにて復帰します

「くそっ！」

先ほどの失敗は、カウンターを狙いすぎたせいだ。

さすがにあれだけ時間をかけて狙っていれば、オークだって警戒する。それに気づかなかった、自分が情けない。

「今度こそは！」

明日斗は試行錯誤を繰り返す。

戦闘の中で、命を燃やしながら学ぶ。

対価が命なだけあり、学習効果は尋常ではない。

それでもまだ、安定してオークを倒せるにいたらない。

しかし、明日斗は結果を焦らない。強い敵に挑んでいるこの瞬間が、相手から学びを得ているこの時間が、人生で最も充実した時間だからだ。

「ははっ！」

戦いながら、明日斗は笑っていた。

アドレナリンが脳を支配し、反射力を底上げする。

ギアがトップに入り、思考と体が加速する。

＞条件：スキル主の死亡を確認

＞スキル：〈リターン〉が発動

＞メモリポイントBにて復帰します

＞＞条件：スキル主の死亡を確認
＞＞スキル：〈リターン〉が発動
＞＞メモリポイントBにて復帰します

＞＞条件：スキル主の死亡を確認
＞＞スキル：〈リターン〉が発動
＞＞メモリポイントBにて復帰します

＞＞条件：スキル主の死亡を確認
＞＞スキル：〈リターン〉が発動
＞＞メモリポイントBにて復帰します

…………………

…………

……

>>条件：スキル主の死亡を
>>スキル：〈リターン〉が発
>>メモリポイントBにて復
ル主の死亡を確認
〈リターン〉が発動
ポイントBにて復帰します
>>条件：スキル主の死亡を確認
>>スキル：〈リターン〉が発動
>>メモリポイントBにて復帰します
>>条件：スキル主の
>>スキル：〈リターン〉が
>>メモリポイントBにて復帰し

「はあ……はあ……」

無数のオークの死体が転がる部屋に、明日斗の荒い呼吸が響き渡る。

この部屋にいたオークは、全部で八体。そのすべてを、明日斗は一撃の下に絶命させた。

動かし続けた体が、熱と摩擦で痺れている。一度腰を下ろすと、しばらく立ち上がれなさそうだ。

酷使した短剣に、大きなひびが入っている。もう一度使っただけでも壊れるだろう。

（一体、何匹倒したんだ）

明日斗は深呼吸を繰り返しながら、ステータスボードを開いた。

○名前：結希　明日斗（20）
レベル：34→40　天性：アサシン
ランク：D　SP：5→35
所持G：376→2015
○身体能力
筋力：48　体力：35　魔力：4
精神：4　敏捷：95　感覚：42
○スキル

・中級短剣術Lv1↓3（8%↓1%）
・致命の一撃Lv1↓2（40%↓21%）
・回避Lv4↓5（5%↓9%）
・跳躍Lv4（2%↓86%）
・記憶再生Lv3（0%↓63%）
・看破の魔眼Lv2（1%↓50%）
・リターンLv1（31%↓99%）

思いのほか、たくさんのオークを倒していたようだ。

もっと強い武器があれば、オークを楽に倒せただろう。しかし弱い武器のおかげで、足りない攻撃力をスキルで補おうとした。

その結果が、中級短剣術レベル3だ。

「これだけゴールドがあれば、多少はマシな武器が手に入るな」

オークの動きは、すべて体にたたき込んだ。

武器を買うゴールドも十分。

ステータスもある。

あとは、万全の状態で挑むだけだ。

○名前：結希　明日斗（20）
レベル：40　天性：アサシン
ランク：D　SP：35→0
所持G：2015
○身体能力
筋力：48→60　体力：35→45　魔力：4
精神：4　敏捷：95→100　感覚：42→50
○スキル
・中級短剣術Lv3（1％）
・致命の一撃Lv2（21％）
・回避Lv5（9％）
・跳躍Lv4（86％）
・記憶再生Lv3（63％）
・看破の魔眼Lv2（50％）
・リターンLv1（99％）

明日斗はステータスを割り振り、広間の先を睨めつける。
広間の先には、ボス部屋がある。ここからでも、そこにいる重厚な存在が確認出来た。

このゲートのボス、オークロードだ。

ロードは既に、明日斗に気づいていた。こちらを見て、不遜な笑みを浮かべている。

かかってこい、と言わんばかりだ。殺してやる、とも。

「次、その命もらいに行くから、首を洗って待ってろ」

ロードに宣言して、明日斗は自らの胸に短剣を突き立てた。

≫リターンLv1→2（99%→0%）

≫百回自らの死に触れました
≫条件を満たしたことで〈看破の魔眼〉が〈可死の魔眼〉にアップグレードします

「あ……れ？」

リターンで戻った明日斗は、ゲートの内部に光が灯っていることに気がついた。

その光は絶えず動き、点滅を繰り返している。視ようと思えば明るく見え、視ようとしなければ薄くなる。

「ん、どうした？」

「なんか、目がおかしくなったのか、やけにチカチカする」

目の異常か。明日斗は瞼をこする。

だが、光はなくならない。

「昨日の疲れがたまってんじゃねぇのか？」

「いや、それはない」

明日斗はすぐに否定する。なぜなら先ほどまで、明日斗は何度もオークを倒し続けていたからだ。

その時にはこのような光は浮かんでいなかった。

（〈リターン〉に不具合でも出たのか？）

ステータスを開き、確認する。するとすぐさま、魔眼アップグレードのポップアップが目に入った。

（これか！）

看破の魔眼が変化するとは、完全に予想外だ。

昇級の条件は百度死に触れること。この条件を達成出来る者が明日斗以外にいるとは思えない。

つまり、この〈可死の魔眼〉は実質明日斗専用のスキルということになる。

○可死の魔眼
説明：生死の流れを看破するスキル。相手の命脈を看破することで、どのような〝物〟をも断てるようになる。

（……つまり、急所が覗き放題ってこと？）

とてつもないスキルになったものだ。

この説明を素直に受け取れば、レジェンドスキルに匹敵する性能だ。

しかし、この文言を素直に信じられるほど明日斗は純粋ではない。

いい話には、裏があるものだ。

長年底辺を這いずり回った明日斗は、この手のものへの警戒感が強かった。

（何度うまい話に騙されたことか）

ちらり、明日斗はアミィを見る。その体にも、うっすらと光が灯っていた。

（……もしかして、あの線を斬れば）

今すぐ試してみたい。だが、万一上手くいってアミィを殺した場合、どうなるかがまるで想像も付かない。

下手をすれば、ハンターの能力そのものを失う可能性がある。なぜならハンタースキルは、天使の出現とともに覚醒するからだ。

ハンターとして覚醒するから天使が見えるのか、はたまた天使が現われるから覚醒するのか。

万一後者だとすれば、アミィを斬ったあとあらゆるスキルが消えて、〈リターン〉で過去に戻れなくなる。

可死の魔眼の効果を、天使で試すべきではなさそうだ。

（効果は追々調べればいいか）

明日斗は一旦疑問を棚上げし、ゴールドショップをチェックする。その中から、最適と思われる武器を見つけ出す。

○黒鋼の短剣
攻撃力：24
説明：黒い鋼で作られた短剣。初級素材を使った武器としては最高峰の攻撃力を持つ。
使用条件：初級短剣術Lv4

現在購入出来る武器の中で、もっとも性能が良い『黒鋼の短剣』を購入。
カートから取り出して、使い勝手を確認する。
(少し重いが、問題ないな)
逆にいえば、前まで使っていた短剣が軽すぎたのだ。
重みは信頼の証だ。これならば戦闘中に武器が壊れることもない。
早速、ゲートの奥から練習相手がやってきた。
明日斗は柄を軽く握り、一気に地面を踏み込んだ。
たった一歩で、十メートルの間を詰める。
オークが慌てたように棍棒を構えるが、遅い。
明日斗は短剣でオークの横っ腹――光のある場所を撫でた。

「――ッ!?」

手応えが、ほとんどない。

ミスったか。

明日斗は体を返してバックステップ。

相手の出方を待つ。

オークはゆっくりと振り返った。

その目にはまだ強い闘志が浮かんでいる。

しかし――、

「ッ――!?」

突如胴体が音もなく、真っ二つに分かれて地面に転がった。

「なな、なんだこれは！　お前、一体何をしやがったんだ!?」

「……いや、わからない」

「嘘をつくな！」

「嘘じゃない」

実際攻撃した明日斗も、上手く事態を飲み込めていなかった。

明日斗は先ほど〈可死の魔眼〉を通して見えた、光のある場所を攻撃した。

その結果が、これだ。

（まさかこんなに凄いスキルだとは思わなかった……）

無論、新たに手に入れた武器が、とても良い性能だったことも要因の一つではあるだろう。

だが一番は間違いなく、〈可死の魔眼〉の効果だ。

「オイラは魔物の胴体があんな別れ方をしたのを初めて見たぞ！　一体どんなズルをしやがったんだお前！」

「……さっき、短剣術が中級になったんだ」

「いやそれだけじゃ無理だろ」

「武器も更新しただろ。スキルと武器の両方がかみ合ったから、この結果になったんじゃないか？」

「それで、これか？　……エグいな」

スキルや武器が、実戦でどれくらいの威力が出るのかを知らないのか。明日斗の怪しげな説明に、アミィが納得した様子を見せた。

（これ以上追及されなくてよかった）

明日斗は内心胸をなで下ろした。

購入型のスキルや武器は基本的に、天使に筒抜けになる。彼らはカートに入ったものが見えるからだ。

しかし〈可死の魔眼〉は、ステータス上でアップグレードしたスキルだ。アミィにはこちらのステータスが見えないため、〈リターン〉と同様に認知していない。

認知されていないスキルは、対天使の切り札だ。〈リターン〉と併せて、気づかれぬようにするべきだ。

新たな短剣を体の一部にすべく、明日斗は戦いながら奥へと進んでいく。

ステータスは既にBランク近い。おまけに、なぞれば即致命傷になる光が見える〈可死の魔眼〉もある。明日斗にとって、オークはもはやたいした相手ではなかった。

すべてのオークを倒し終えた明日斗は、ボス部屋の前で呼吸を整える。

「化け物め。短期間でどんだけ強くなるんだ」

明日斗の横で、アミィが体を震わせた。無理もない。アミィにとっては、覚醒してからほんの数日の出来事なのだ。

たった数日のうちに、GランクのハンターがBランクの魔物と対等以上に渡り合う姿を見れば、誰だってこういう反応をする。

「お前は戦闘の天才だ」

「いや、俺は天才じゃない」

明日斗は首を振る。

天才なら、死なずに強くなれる。

天才じゃないから、才能がかけらもないから、命をいくつも失わなければ成長出来ないのだ。

「お前が天才じゃなかったら、誰が天才なんだよ」

「……さあな」

天才と言われて頭に浮かんだのは、未来の神咲の姿だった。

誰にも頼らず、どこのギルドにも所属せず、地の底から独りで這い上がり、頂点に至った。

そして頂点に君臨してもなお慢心せず、傲慢にもならず、力を求め続けた。

あれこそが明日斗が思う天才だ。

だがわざわざそれを教える義理はない。口をつぐみ、明日斗は短剣を抜いた。

右手には黒鋼の短剣を、左手には鉄の短剣を装備する。

このスタイルは、ノーマルオークと戦う中で編み出した。

短剣は片手で扱う武器だ。そのため、短剣が重くなると、重心が乱れやすくなる。そこで反対側に、バランスをとるための錘代わりに、鉄の短剣を持つことにした。

これが、上手くいった。

短剣が二本になったからといって、手数が二倍になるわけではない。だが、咄嗟の反撃に対処しやすくなったし、なにより相手の意識を両手に分散出来る。

明日斗の攻撃の幅が広がった。

これを戦闘中にアドリブで出来てしまうのだから、中級短剣術は尋常なスキルではない。

「さて――」

呼吸は整った。

連戦での疲労も抜けた。

体調は万全だ。

明日斗は一度深呼吸をしてから、ボス部屋に足を踏み入れた。

ボスはオークロード。Bランク最上位に位置する、ボスモンスターだ。

ノーマルモンスターに比べて身体能力が何割も高い。

ボスは、パーティで討伐する相手だ。たとえAランクのハンターであろうとも、ソロでBランクボスの討伐は行わない。小さなミスが命取りになるからだ。

だが、心配は無用。

明日斗なら、勝つ可能性がたった1%でもあれば――――絶対に勝つ。

「――グオォォォン!!」

オークロードが咆哮。

その大声に、ビリビリと体が震える。

かかとを浮かせていたはずの足が、べったりと地面に張り付いた。

(――スタンか!)

咆哮にスキルが乗っていたようだ。

明日斗は足を意識的に動かす。

ロードが手にした巨大な戦斧を掲げ、地面を踏み込んだ。

――ドッ!!

空気を破壊するような音とともに、ロードが猛烈な勢いで近づいてくる。

高く掲げられた戦斧が、明日斗に叩きつけられる。

その寸前で、慌てて地面を転がり回避。

次の瞬間だった。

――バリバリバリバリ!!

戦斧が叩きつけられた地面が、蜘蛛の巣状にひび割れた。

頭から、血が落ちる音が聞こえた。

ぞっとして、背筋が震える。

起き上がるなり、明日斗はバックステップ。

ロードとの距離を取る。

「ぬわぁぁぁ!! なんだよ今の攻撃、やべぇよ! 当たったら死ぬよ! どうすんだよ!? お前、絶対死ぬぞ!?」

「ちょっと、黙ってくれ」

アミィの言う通り、万一スタンがもう少し長く続いていたら、明日斗は全身が血煙になっていた。

とてつもない膂力。恐るべき破壊力だ。

なるべく安全な距離を保って、隙をみて攻め入るべきだ――普通のパーティならばそういう決断を下しただろう。

だが、ソロの明日斗が取るべき選択は一つしかない。

――戦え!

相手の膂力は恐ろしい。

だが、攻撃は見えている。

速度はこちらが上。

足で攪乱して隙を作り――可死の光を貫く。
そのためにも、徹底的に攻め続ける。
――戦え！　戦え！　戦え！
明日斗は集中力を高めていく。
あらゆる音が消え、世界には自分とロードだけになる。
「すぅ……」
息を吸って、止める。
次の瞬間、明日斗は全力で地面を踏み込んだ。
瞬き一つでロードの懐に入り込む。
相手が反応。
横向きに戦斧が振るわれた。
屈んで回避。
頭の上を音を立てて死に神が過ぎ去った。
その隙に脛を切りつける。
(甘い！)
光のラインから僅かにずれた。
ロードの足先がピクリと動いた。
うなじがチリチリする。

直感に従いサイドステップ。

次の瞬間、

――ボッ!!

コンマ一秒前まで明日斗がいた場所を、ロードの足が素通りした。

この足蹴りだけでも、防具のない明日斗にとっては致命的だ。

一撃たりとも、受けられない。

(光の線が見づらいな)

ボスの生命力が高すぎるからか、あるいはレベルに開きがあるからか。ノーマルオークに比べ、ロードの体に浮かび上がる可死光は、とても弱々しい。

だが、隙が生じれば、光が強くなる。

(攻めの方針はそのままだ)

隙を作り、可死光を斬る。

そのために、もっと速く。もっと正確に。

死に直面し、明日斗のギアが一気にトップに入る。

世界がコマ送りになる。

相手の息遣いさえ感じられる、とても静かな世界。

その中で明日斗は、ロードに攻撃を仕掛け続けた。

「うおおおおお!!」

僅かでも引けば、あっという間に飲み込まれる。
弱気になりそうな心を奮い立たせる。
ロードとの体格差は五倍以上。
巨大な体躯の威圧感は凄まじい。
その反面、死角も大きい。
脛、腱、足の甲、膝裏、手首。
明日斗は相手が嫌がる場所を斬りながら、意識的に死角に入り込む。
嫌らしい攻撃の連続に、ロードの目の色が赤くなっていく。
「スゥゥ……」
明日斗の耳が、小さな擦過音を感知。
ロードが僅かに胸を張る。
――咆哮が来る。
現在ロードの間合いにいる明日斗がスタンすると、死が確定する。
今から慌てて距離を取っても、間に合わない。
であれば、やることは一つ。
（――攻める!!）
ロードが口を開いた、次の瞬間。
明日斗は左手の短剣を全力で投擲。

――ザクッ!!

短剣がロードの喉元に浅く刺さった。

投擲スキルがなく、武器も弱かったため、急所への攻撃でも致命傷には至らない。

しかし、効果はあった。

丁度、上気道あたりに当たったことで、衝撃が喉を圧迫。

咆哮を出す前に、ロードが反射的に咳き込んだ。

「カッ――ハッ!!」

両手で喉を押さえ、前のめりになる。

その隙を、見逃す明日斗ではない。

相手の体に集中し、意識を高めていく。

より強く、より鮮明な可死の光を発見。

流れるような手つきで、明日斗は短剣を突き出した。

可視光が、最も強く輝いたのは、攻撃を繰り出した瞬間のコンマ一秒。

まさに刹那のタイミング。

がら空きになったロードの胸に、明日斗は短剣を深々と突き刺した。

心臓の脈打つ鼓動が手先に伝う。

死は、まだ訪れない。

(まだか!)

ドクドクと、血液が傷口から溢れ出す。

しかしまだ、心臓は止まらない。

ロードが両手を広げた。

明日斗を絞め殺すつもりだ。

道連れになる気はさらさらない。

明日斗は短剣を力任せに捻る。

「グァァァァ!!」

胸から、口から、血が噴き出した。

手先に伝わる脈動が、ようやく止まる。

つかみかかろうとしていた手が、下がった。

短剣を抜き、バックステップ。

支えを失ったロードの体が、ゆっくりと前に倒れ込んだ。

「……ふぅ」

起き上がる気配がないのをしっかり確認してから、明日斗は残心を解いた。

まさか心臓が貫かれてもまだ動けるとは、思いも寄らなかった。恐るべき生命力の高さである。

「う、わ……マジで倒しちまいやがった……」

明日斗の横で、アミィが青ざめている。

「お前、マジでどんなスキルを持ってやがるんだ……」

「さてな」

「もしかして、〈成長加速〉か？」

「っ……」

そんなスキルもあるのか！

明日斗は内心羨望の思いがこみ上げた。だがそれをおくびにも出さず、

「……よくわかったな」

「嘘つけ！　ぐぬぬ……」

「まあ、今回ばかりは俺も（一回で）倒せるとは思ってなかったさ」

「涼しい顔してよく言うぜ。で、ずっと気になってたんだが、どうしてBランクゲートに挑んだんだ？　さすがのお前でも、一歩間違えれば死んでたぜ？」

「だろうな」

大当たり。七十回以上死んだ――などとは口が裂けても言えない。明日斗は慎重に表情を消して、口を開く。

「少しでも速く強くなりたかったからだな」

その言葉に、嘘はない。明日斗は少しでも速く成長し、誰よりも強くなって、万全の状態で十年後の侵略に立ち向かいたい。

しかし、本当の狙いは別にあった。

明日斗はシステムを開き、インベントリ・カートを確認する。

（……あった）

Bランクゲート攻略報酬があり、明日斗はほっと胸をなで下ろした。

○神樹の朝露（SSR）

説明：神樹の新芽についた朝露を集めた霊薬。これを口にすれば、どのような外傷もたちまち治癒する。ただし病には効果がない。

明日斗がこのダンジョンに来た理由は、このアイテムを入手するためだ。

これがあれば、神咲の母親を助けられる。

神咲のために、明日斗が命を賭けて朝露を手に入れる義理はない。見返りだって、なにもないのだ。

だが、明日斗は神咲が天使に唆されていることに気づけなかった。

きちんと頭を働かせていれば、彼女が罠にかかっていると気づけたはずなのだ。だからこれは、自分のせいで苦しんだ神咲への、精一杯の贖罪だった。

未来の情報から、明日斗はBランクのゲートの出現時間がわかり、さらにそのゲートの報酬で『神樹の朝露』がドロップすることを知っていた。

これがあれば、神咲の母が助けられる。だから遙か格上のBランクゲートに挑んだ。

強い魔物と戦うことに、もはや恐怖はない。恐ろしいのは、自分が愚かなばかりに、他人の未来が消えることだ。

帳尻が合わせられるなら、いくら死のうと構わない。

百回死んでもクリア出来ない壁だって、明日斗には〈リターン〉がある。

戦った経験を、持ち越せる。

だからきっと、百一回目は上手くいくかもしれない。一万回死のうと、百万回死のうと、自分さえ諦めなければ、可能性は絶対に消えない。そう信じて、ひたすらに突き進んだ。

結果、Bランクゲートを無事攻略出来た。あとは神樹の朝露を神咲に渡すだけだ。

(あれっ、もう一つアイテムがあるな)

狙いのものとは別に、もう一つアイテムがインベントリに入っていた。

その理由は、ステータスをタップして判明する。

>新たな偉業を達成しました

・Bランクのゲートを、単独かつBランク以下で攻略
報酬1:ALLステータス+5
報酬2:風壁のリング

「これか」

偉業達成により、ステータスが一気にレベル6つ分も上昇した。

ぱっと見は破格の報酬だが、達成条件が恐ろしく高難易度だ。おそらく地球上のほとんどのハンターは達成不能である。

○風壁のリング
説明：風壁を展開出来る魔道具。使用者が魔力を吸い取って、弓矢などの攻撃を防いでくれる。使用者の魔力が尽きた場合は発動しない。

（これ、売ったらいくらになるんだ……）

ゲートやダンジョンでドロップする魔道具は、ものによっては億を超える値がつけられる。

今回ドロップした風壁のリングは、近接系ハンターなら喉から手が出るほど欲しい逸品だ。オークションに出せば、とてつもない値段が付くに違いない。

（売れば、いい装備が一式揃えられる……！）

皮算用ですら目がくらむ。

前回の明日斗では、一生かかっても手に入らないほどのお金が手に入る。しかし、これほどいいアイテムが再び入手するチャンスはそうそうないだろう。

（今のところ、矢を放つ魔物は現われないけど、そのうち戦うかもしれないしな）

今後パーティを組むとは限らない。ならばソロでの戦闘力を高めていくべきだ。

インベントリから指輪を取り出し、はめる。リングに、僅かに力が吸い取られる感覚があった。

「なるほど、これが魔力か」

魔術が使えない明日斗は、この時初めて魔力を使う感覚を知った。魔力のステータスが1以上あれば、近接系ハンターでも魔道具が使用出来るのだ。

現在抜かれた魔力から逆算すると、風壁の発動はおおよそ5回が限界といったところだとわかった。

「もう少し使えるようになったほうがいいな」

アサシンに魔力は不要だ。そのため、いままで一切振ってこなかった。だがこれから魔道具を使うのなら、少しは振った方が良いだろう。

「まあ、おいおい考えるか。――さて、帰るか」

神咲の母親の命が心配だ。

手に入れた神樹の朝露を渡すべく、明日斗は出口に向かって歩き出した。

○名前：結希　明日斗（20）
レベル：40→43　天性：アサシン
ランク：D→C　SP：0→15
所持G：15→578
○身体能力
筋力：60→65　体力：45→50　魔力：4→9
精神：4→9　敏捷：100→105　感覚：50→55

○スキル
・中級短剣術Lv3（1％→6％）
・致命の一撃Lv2（21％→64％）
・回避Lv5（9％→13％）
・跳躍Lv4（86％→94％）
・記憶再生Lv3（63％→70％）
・可死の魔眼Lv2（50％→78％）
・リターンLv2（0％）

ゲートの出口に近づいた時、入り口から何者かの気配を感じ腰を落とした。

「なんだ？」

オークはあらかた倒したし、ダンジョンとは違い魔物がリポップすることもない。

では一体……。

明日斗がじっと身構える中、向こうから複数の人間が現われた。

「どういうことだ……？」

現在このゲートの権利を持っているのは明日斗だけだ。ゲートには権利者か、権利者が許可した者以外はゲートに入ってはいけない。そう、法律で決められてる。にも拘わらず、ゲートに人が侵入したことに、明日斗は頭が真っ白になる。

「な、お前はッ!!」

ハンターとおぼしき集団がぞろぞろと明日斗の前に現われた。

先頭に立っているのは、新宿御苑ダンジョンで出くわした、ハウンドドッグの男だ。横には、顔が腫れて原型がわからなくなったハンターが二人いる。

(あれは、俺に絡んできた奴か？)

Eランクゲートが終わった直後、明日斗に絡んで殴り飛ばされたハンターだ。

「新城さん、アイツです！」

「あいつが俺たちを攻撃してきたんです!!」

「……結希明日斗。お前がそうだったのか」

新城と呼ばれた男が明日斗に睨みをきかせた。どうやら新城は、明日斗が殴った二人から報復の要請を受けてここにやってきたようだ。

(報復か。ずいぶんと動きが速いな)

凄腕の情報屋でも手駒にいるのか。

考えていると、後ろの集団から一人の男が現われた。

「よう、うちの下っ端をやりやがったのはテメェか？」

大勢が武具を身につけている中、現われた男は一人だけスーツを身に纏っていた。

男の髪は短く、薄緑色に染められており、サイドに稲妻のような模様のそり込みが入っている。

かなり特徴的な頭をしているが、顔に覚えはない。

「誰だ？　ここは俺のゲートだ。何故入ってきた」

「おいおい、人の質問には答えろよ」

男が睨みをきかした。

それだけで、周囲の温度が僅かに低下したように錯覚する。

(……強いな)

明日斗は相手の気配から、その強さを悟った。

「金満《かねみつ》さん、あいつ、新宿御苑Dの侵入者です」

「へぇ、同一人物なのか。珍しい偶然もあるもんだな……」

男が明日斗を見定めるように目を細めた。

次の瞬間だった。突如金満の殺気が膨れ上がった。

「――このハウンドドッグの面汚しがッ!!」

――ドッ!!

爆音、地響き、巻き上がる土煙。

パーティリーダーがゲートの壁に激突した。

スーツの男――金満が、刹那の間に殴り飛ばしたのだ。

その速度、威力、ともにオーク以上だ。

相手が率いる仲間から、恐怖のうめきが小さく聞こえた。

「テメェが見逃す程の奴だ。どれほど強い相手かと思ってが、まさかこんな雑魚にびびるたぁ、どんだけ腑抜けてやがんだ!!」

「す……すみ、ません……」

「新城、テメェ帰ったら鍛え直してやるよ」

「そ、それだけはどうか勘弁を――」

「それとも今すぐ殺すか?」

「ッ――!!」

壁にめり込んだ男――新城の顔が真っ青になり、ガタガタと震えだした。その怯えようは、過去金満に何度か鍛え直された経験があるようだ。

新城はDランクダンジョンの攻略を行うくらい、強いハンターだ。

(それをこうも怯えさせるとは……)

それだけ、両者には絶望的な力の差があるのだろう。

新城を怯えさせる金満が、ただのメンバーなはずがない。ハウンドドッグの幹部クラスと見て間違いない。

「さて、結希明日斗。テメェはうちの下っ端をぶっ飛ばし、さらにうちのシマにも侵入したんだってな。この落とし前、どうつけてやろうか……」

金満の一言一言に、周囲のメンバーの顔が青くなっていく。自分たちに矛先が向かないか、怯えているのだ。

さすがはハウンドドッグ。他人だけでなく、ギルドメンバーでさえ暴力と恐怖で支配しているようだ。

「――そうだ、いいこと思いついた。お前、うちのギルドに入れ。うちのギルドはいいぜ。他のギルドと違って自由がある！　何をやってもいい」

「何をやっても？」

「ああ。欲しければ奪えばいい。いらつく奴は殺せばいい。それが、本来生物が持っているはずの自由だ。部下に金を貢がせてもいい。うちのギルドなら、下の奴らにゃ何をやっても自由だ」

「そうなのか」

「どうだ、ハウンドドッグに入らねえか？　ギルドに入れば、これまでのお前の行動を見逃してやってもいい」

「なるほどな」

ハウンドドッグはギルドの中でも中堅以上だ。規模は大きく、高価なアイテムもギルド内で回っていると言う噂がある。

前回の明日斗なら、この勧誘を魅力的に感じられたかもしれない。

だが――、

「答えは？」

「お断りだ」

『自由』と『好き勝手』は違う。

自由には責任が伴うが、好き勝手な生き方には責任もなければ品性もない。

明日斗の目標は、強かった頃の神咲真生だ。ハンターとしての責任を一身に背負い、格上の魔物にも挑んでいった氷血姫だ。

ハウンドドッグはその対極にあるから、微塵も惹かれない。

「そうかそうか。だったら仕方ねぇな」

男が軽く手を上げた。

それと同時に、他のハンターが横に広がった。

「……悪いが、相手をしてる暇はない。そこをどいてくれ」

ハウンドドッグと戦っている時間はない。今すぐ神咲のいる病院に行かなければ、母親の命が尽きるかもしれない。

もし母親が死ねば、これまでの努力が水の泡だ。

「はいそうですかって、通すと思ってんのか？」

「――ッ！」

横を通り過ぎようとした明日斗は、殺意を感じてバックステップ。

眼前を、男のつま先が通り過ぎた。

明日斗は武器に手をかけながら、じっとハンターを見回した。

「…………」

近接系ハンターならば、動きで攪乱すればどうにかなる。しかし、ハンターの中には杖を持っている者がいる。

魔術攻撃だけでなく、デバフまで飛んでくるとなると、逃げ出すのはまず不可能だ。

そもそも、何故彼らがここにいるのか甚だ疑問だ。

今は、まだ日も上がらない朝の四時。いくらここが眠らない街といえど、人通りはかなり少ない。

この場所にゲートが発生したことすら、知らない者がほとんどである。

この時間帯に、どうやって彼らは明日斗がここに入ったことを認知出来たのか？

たとえ優秀な情報屋であっても、明日斗の居場所を掴むにはあまりに早すぎる。

（……内通者か）

ゲートを発見した場合、第一発見者はハンター協会に報告する義務がある。そのハンター協会の中に、ハウンドドッグに通じている者がいると仮定しなければ、これほど速く、それも明日斗を狙ってこの場に集ったことに説明が付かない。

（くそっ、ハンター協会の管理体制はどうなっているんだ）

明日斗は内心悪態をつく。

「ハウンドドッグに、正面きって喧嘩を売ってきた愚か者は久々だからな。オレが直々に相手してやる」

男は笑みを浮かべ、ネクタイを緩めた。まるで、人を殴り殺すことが人生の楽しみであるかのような、歪んだ笑みだ。

「頼むから、そこそこ抵抗してくれよ。じゃなきゃ、楽しめねぇからよ」

男がシャツを脱いだ。その体は均整が取れており、美すら感じるほどだった。

彼の筋肉は、不必要には盛り上がっていない。見せるためのものではなく、実戦のためだけにあるものだからだ。

彼はポケットから、鈍色に輝くナックルを取り出しはめた。

（拳闘士か、厄介だな）

拳闘士はアサシンと同じく、敏捷で相手を翻弄し、一撃必殺の攻撃を繰り出すタイプのハンターだ。

ランクは同じくらいか少し上。

（こんなところで時間を浪費してる場合じゃないのに……！）

胸の中で、焦りと不安が膨らんでいく。

明日斗は頭を悩ませた、その時だった。男の肩に描かれた入れ墨に目がとまった。

入れ墨は、中心にオオカミが描かれていた。この模様を、明日斗は忘れようはずもない。

（……そうか、こいつらか）

前回、神咲に乱暴を働き、彼女からあらゆるものを奪った。

その集団は、ハウンドドッグだったのだ。

途端に、焦りと不安が消え失せる。

腹の底の奥底で、ボッと灼熱の炎が灯った。

「じゃあ、殺り合おうぜ」

「しゃー殺せー！」

金満利男《かねみつとしお》の言葉に、隣にいる天使ガープが気勢を上げた。

ガープは第一次アウトブレイク直後に現われた、相棒の天使だ。ちまたではこれを天使と呼んでいるが、人が死ぬ瞬間が最も好きと公言している。こんな奴が天使であるはずがない。

さておき、天使の声とともに利男は駆けだした。

目の前にいる青年――結希明日斗は、ハウンドドッグのシマを荒らした張本人だ。

ハンター協会に潜り込んだギルドの内通者によれば、結希のハンターランクはF。先日覚醒したばかりだという話だ。

こんな雑魚に、ギルドメンバーの下っ端が一方的に殴られ、さらにダンジョンリーダーの新城が怖じ気づいたと世間に知れれば、ハウンドドッグの評判は地の底だ。

同じギルドの構成員として恥ずかしい。

(蹂躙した後は、きっちり口封じしなきゃな)

ゲートやダンジョンの中で人を殺すと、物的証拠が残らない。目撃者はメンバー以外におらず、死体も魔石に変化する。

口封じには、ダンジョンやゲートを使うのが一番だ。

「オラオラオラオラオラッ!!」

初めから、連打を仕掛ける。

少し強いからってイキる奴を潰すことこそ、利男の生き甲斐だ。イキった奴が泣いて助けを乞う姿を、笑いながら踏み潰す瞬間が、この上ない幸せだ。助命を懇願する奴を、一瞬助かると信じさせてから殺す瞬間が、なによりも快感だ。

（はやく、こいつで楽しみてぇ!!）

「――オラァッ!!」

スキル〈ストレート〉を使い、結希を殴りつける。

だが、ここへ来て利男は異変にやっと気がついた。

（手応えが……ねえ……!?）

これまで何度も攻撃を繰り出している。だがそのいずれも、人を殴った手応えがまったくなかった。

傷一つ負っていない結希が、冷たい表情で口を開いた。

「お終いか？」

「……ッ！　やっと暖まってきたとこだよ!!」

（Fランクごときが！）

ビキッ。

こめかみが脈動した。

怒りのまま、拳を振り抜いた。

必中と思った攻撃が、寸前のところで回避された。

結希が懐に侵入。

「——ガフッ!!」

リバーブロー。

めり込むほど、深く拳が突き刺さった。

たまらずバックステップ。

(こいつ、Fランクじゃなかったのか!?)

暖まったはずの体が、一瞬にして冷たくなった。

利男はCランク上位の、ベテランハンターだ。Fランクごとき、指一本で殺せる実力がある。にも拘わらず、攻撃が当たらないどころか、反撃を食らうとは予想だにしていなかった。

(まさか、職員にガセ握らされたか!?)

だとすれば、危うい。

すでに利男はタイマンを宣言した。ここから全員攻撃を指示すれば、格好悪すぎるし、利男の実力が疑われかねない。

ハウンドドッグは、完全実力制のギルドだ。ハンターとしてのランクはもちろんだが、魔物や人間を殺して功績を挙げたものを特に重用するシステムがある。

反面、失敗した相手には容赦がない。実力がないと見なされ、死ぬまで懲罰を受ける場合もある。

(万が一、オレが負けたら……)

『二度とこんなゴミが幹部にならんよう、見せしめにする必要があるな』

間違いなく、他の幹部やギルドマスターに殺される。

(チッ、見栄を張ってる場合じゃねぇか)

「テメェら、なにぼさっとしてやがんだ！　攻撃だ、攻撃をしやがれ!!」

多対一で格好が悪くとも、関係ない。こちらが勝てればそれでいいのだ。

利男がメンバー全員に号令をかけた、その時だった。

「戦闘中に、なにをぼさっとしているんだ？」

ぞっとするような声が、真横で響いた。

利男が足を動かすが、それより早く結希の蹴りが腹部に突き刺さった。

「ゲェッ!!」

強烈な一撃に、利男はたまらず膝を折る。

続けて結希が短剣を振りかぶった。これに対して利男は地面を転がる。

結希の一撃は、何故か利男から離れた空中を水平に抜けていった。

助かったと思う反面、今の一撃が自分に向けられていたらと考えると、ぞっとする。

(本気でやべぇ……！)

なりふり構ってる余裕すらなくなった。

慌てて、利男はシステムを開く。しばらくため込んだゴールドを使って、逆転するアイテムを購入するのだ。

しかし、

「シ、システムが、開かねぇ……!?　お、おいガープ、どうなっ……えっ？」

見上げると、これまでそこにいたはずのガープの姿が、どこにもなかった。

五年前から四六時中ともにおり、時々『消えればいい』と願っても絶対に消えなかった奴が、消えた。

その衝撃が、脳天を痺れさせた。

「なん……で、だ」

天使は絶対に消えない。

どれほど喧嘩をしても、口汚く罵っても、これまでハンターの中で天使が消えた者はいない。

だから、天使は消えないと思っていた。

(じゃあ、どうして、消えたんだ……？)

まったく訳がわからなかった。

だが、今は戦闘中だ。

それに自分はハウンドドッグの幹部でもある。

このまま四つん這いになって、みっともない姿を晒し続けるわけにはいかない。

立ち上がろうとするが、上半身が何かに引っ張られた。

——ナックルだ。

先ほどまで自由自在に操っていたナックルが、今は重すぎて持ち上げることさえ出来なくなっていた。

「一体、なにが起こったんだ……」

「お、お前……一体なにをやりやがったんだ⁉」

明日斗が短剣を振るった直後、アミィが血相を変えた。

「なんで……なんで人間ごときが、上位存在を殺せるんだ‼」

オオカミの入れ墨が入った金満との戦闘中、明日斗は宙に浮かぶ光のラインを短剣で切り裂いた。

手応えがまるでなかったので失敗かとも思ったが、アミィの反応から実験の成功を知った。

（やはり、〈可死の魔眼〉は切り札になり得るな）

明日斗が切り裂いたのは、金満についた天使の命脈だ。

本来天使は、十年後の大侵攻の日まで人間の手では触れられない。だが〈可死の魔眼〉があれば、人間でも天使を殺せるのではないか？

○可死の魔眼

説明：生死の流れを看破するスキル。相手の命脈を看破することで、どのような〝物〟をも断てるようになる。

『どのような〝物〟をも断てる』という文言から、明日斗はそう仮定した。

ただし、実験は慎重に行わなければならない。なぜならアミィの可死光を斬り、万一実験に成功した場合、天使とともにハンターの力を失う可能性があるからだ。

そのため、明日斗はスキルの実験を保留していた。

今回、ハウンドドッグが絡んできたことで、明日斗は彼らを実験対象にすることにした。彼らであれば、力を奪うことに何の痛痒も感じないからだ。

「シ、システムが、開かねぇ……!? お、おいガープ、どうなっ……えっ?」

男が慌てたように空中を見上げて、目を丸くした。ガープという天使が消えたことに、やっと気づいたようだ。

（なるほど、天使が消えるとシステムも使えなくなるのか）

男が立ち上がろうとして、そのまま尻餅をついた。ナックルが重たすぎて、腕が持ち上がらなかったのだ。

（ハンターとしての能力も消えたのか）

どうやら天使を殺すと、ハンターとしての能力がすべて消滅するようだ。

この結果を見て、明日斗の背中に冷や汗が浮かぶ。

（アミィで試さなくてよかった……）

もし試していれば、今頃明日斗はハンターの能力を失い、〈リターン〉も使えなくなって、完全に詰み状態に陥っていただろう。危ないところだった。

「お、おい。テメェ、金満さんになにしやがった⁉」

「殺せ、今すぐ殺せ‼」

力を失った男――金満の部下がいきり立つ。いずれも金満ほどの実力はないようだ。動きは緩慢で、ぎこちない。

とはいえ、黙って見ているわけにはいかない。こちらは防具を一切装備していないため、格下の攻撃でも当たれば致命傷になり得る。

明日斗は感覚的に、強そうなハンターに接近。攻撃を躱しながら、それぞれの頭上に浮かぶ光の筋を短剣でなぞっていく。

「撃て、撃てぇぇぇ‼」

誰かの号令とともに、明日斗に向けて矢が放たれた。スキルを使ったのか、弓を持っている人数よりも遥かに大量の矢が飛来する。

今すぐ逃げなければ、あっという間に蜂の巣だ。

だが、明日斗は矢を待った。

――風壁発動。

眼前で、矢が突如方向転換。

明日斗を避けるように矢が通り過ぎていく。

「あ、あいつ、矢避けの魔道具を持ってるぞ！」

「だったらオレが魔術で灰にしてやる。魔術は矢避けじゃ防げねぇからな」

「――確かにそうだな」

「――ッ!?」

全力で魔術士に接近し、頭上のラインを一刀両断する。

攻撃に怯えた魔術士が、両手で頭を抑えながら腰を落とした。だがすぐに我を取り戻したか、杖を掲げ――、

「ふぁ、ファイアボール!!」

魔術名を叫ぶも、魔術は発動しなかった。

「え、は……？　一体、どうなってんだ……!?」

天使を斬られた魔術士は、もはやただの人。魔術が発動出来る道理はない。

そこから明日斗は、自分にとって危険なハンターの天使を切り裂いていった。全部で十以上天使を倒したところで、戦場が混乱の坩堝と化した。

「オレのガープ、どこにいったんだよ」

「なんでシステムが表示されねぇんだ!?」

「魔術が……たくさんお金を払ったのに、魔術が使えない……!!」

「一体どうなってんだ、武器が持ち上がらない!!」

本来在るべき能力が突如失われたのだ。戦闘を忘れて混乱するのも無理もない。

ハウンドドッグのメンバー全員から、戦意が消失した。これで、貴重な時間を浪費させられること

もなくなった。

　このまま病院に向かっても良かったが、明日斗は念のため、足止めを行うことにした。壁に埋まったままの新城の下に歩み寄る。

　明日斗の姿を見た新城が、慌てて腰の剣に手を当てた。

「く、来るな！　来るなら、き……斬る！」

「無駄な抵抗はやめろ。それよりいいことを教えてやる」

　明日斗は『あちらを見ろ』と顎を軽くあげる。

　そこには、天使を探し続ける金満がいた。

「あいつ、ハンターの力を完全に失ったぞ」

「馬鹿な……」

「その証拠に、自慢のナックルが持ち上がってない。あれは、ランクが高くないと装備出来ない武器だ。違うか？」

「あ、ああ」

「つまり奴はもう、ハンターじゃない」

「そんな……」

「後は好きにしろ」

　それだけを告げて、明日斗はゲートの出口に向かい歩き出した。

　少しして、新城の声が響いた。

「いつもクソみてぇに殴ってくれたな。俺が大切にしてたアイテム全部も根こそぎ奪いやがって、覚悟しやがれゲス野郎！」

「ガフッ――!!」

「死ね！　死ね！　死ね！　死ねぇぇぇ！！！！」

「や、やめ――」

新城は明日斗への攻撃よりも、金満への復讐を選んだようだ。金満の体に乗って両手を振り下ろす。

金満の顔が歪み、すぐに真っ赤に染まった。

力で得た立場は、力を失った瞬間にあっさり反転する。特にハウンドドッグは、力と恐怖で下の者を抑えつけていただけに、その反発は尋常なものではない。

（駄目男にぴったりな最期だったな）

無法者の末路を背に、明日斗は足早にゲートを出て行った。

>新たな偉業を達成しました
・上位存在を殺害する
報酬1：100000G
報酬2：ALLステータス＋10

（もう、どうやってもお母さんは助からない）

暗い病院の廊下で、神咲真生はじっと床を眺めていた。

母を助けるために、自分に出来ることはすべてやったつもりだ。実際、体にはかなり疲労が蓄積していて、立ち上がる気力がない。

しかし、本当にそうだろうか？　という思いが頭を占領し続けている。

母は、女手一つで真生を育ててくれた。必死に働いていたけれど、お金が足りず、親戚筋に無心までしていた。そんなことをおくびにも出さず、常に笑顔で接してくれた。

子どもを不自由させてはいけないと、新しい服や化粧品すら買わずに、真生のためだけに尽くしてくれた。

欲しいものがあっただろう。女性として、綺麗に着飾りたかったはずだ。でも、お金が手に入っても、母は自分のものは何も買わずに、全額を喜んで真生の養育費にした。

そんな母親を、こんな形で失っていいのか？

母親が愛情を注いでくれた分だけ、自分は恩返し出来たのだろうか？

考えると、ボロボロと涙が溢れてくる。

「もっと、頑張れた、かもしれない……」

もっと頑張らなきゃいけなかった。

でなければ、母が、報われない。

「もう少し、頑張ってみよう」

ふらふらになりながらも、なんとか立ち上がる。

腰を上げるだけでも、息が乱れた。無理もない。母が入院してからというもの、ほとんど真生は寝ずに、助力してくれるハンターを探し回っていたのだ。

でも、泣き言はいえない。自分なんかよりも、母のほうがもっと辛い思いをしているのだから。

真生が一歩前に足を踏み出した、その時だった。

看護師が慌てて駆け寄ってきた。

「か、神咲さん、お母様が――――！」

「――――ッ!?」

ついに、終わりが来てしまったか。

愕然とした真生に、看護師が笑みを浮かべた。

「おめでとうございます。峠を越えましたよ」

「……えっ？」

「今、先生が体を見ていますが、もう、大丈夫です！」

予想だにしなかった言葉に、真生の頭が真っ白になった。

先ほどまで、母はあと何時間持つかという状態だったのだ。それが、まさか峠を越えたと言われるとは思わなかった。

「一体、どうして……」

「それが、集中治療室に見知らぬ男性が突然現われて、お母さんになにかを飲ませたんです。監視カメラを見て慌てて現場に行ったら、お母様の様態が安定されてて、傷も綺麗さっぱりなくなってました」

「――――ッ！」

これまでの疲れが吹き飛んだ。

真生は母がいる病室に向けて走り出した。

母の病室に入る直前、ふと気配を感じ視線を向けた。

そこには、ボロボロになった結希明日斗の姿があった。その手には、効力を失った透明マントが携えられていた。

「結希さ――」

「しっ」

結希が口の前で、人差し指を立てた。それを見て、真生は慌てて口を押さえる。

ここは病院で、それも日が昇り始めたばかりの早朝だ。大声を出してはいけない。

「結希さん、どうしてここに……」

そこから、言葉が続かなかった。

何故彼がここにいるのか、どうしてボロボロになっているのか、いろんな質問が溢れ出してごちゃごちゃになって、喉の奥で言葉が詰まった。

そんな真生の様子に、結希が少しだけ困惑したような表情を浮かべた。

「神咲さん、眠てないみたいだね」

「え、あ、はい……」

「じゃあこれを上げる」

ポケットから因縁のある『夢見の滴』を取り出した。

今は、このアイテムを見たくもない。その思いが伝わったか、結希がやんわり首を振った。

「これは、人に良い夢を見せるためのアイテムなんだ。特に疲れてる時は効果があるから、試してみて。たぶん、よく眠れるよ」

「……はい」

夢見の滴を手に入れるために、無報酬で手助けしてくれた。そんな彼に優しくそう言われたら、『いらない』と突っぱねることなど出来ようはずもない。

夢見の滴を受け取ると、結希がくるりと背中を向けた。

「あっ、待ってください。結希さん、もしかしてですけど——」

「神咲さん」

真生の言葉を、結希が優しい口調で遮った。

首を回して振り返り、ＩＣＵの扉を指さした。

「お母さん、待ってるよ」

「——ッ！」

その言葉を聞いて、真生はいても立ってもいられなくなった。彼に聞きたいことは山ほどあった。

だが母に会いたい気持ちが勝った。

真生は深々と頭を下げ、首に提げたセキュリティ・カードでICUの扉を開く。早くと急かす気持ちを堪えて、真生は通路を早足で進む。

そして、母の病室の扉を開いた時だった。

「おかあ……さん……」

「あら、おはよう真生」

上体を起こした姿勢で真生を見た、母の微笑みを見てボロボロと涙が溢れ出した。

「お母さん!!」

もう我慢する必要はない。

真生は顔をくしゃくしゃにして、母の胸に飛び込んだのだった。


意識を取り戻した母は、これまでの状態が嘘だったかのように完全に回復していた。病室も、ICUから一般病棟に移った。

命の危機は去った。安堵した真生に、数日ぶりの睡魔が襲った。

ふらふらになる足取りで、病院に併設された入院患者の家族用の小さなコンドミニアムに戻った。

そのままベッドに倒れ込むと、ポケットから夢見の滴が転がり落ちた。

『特に疲れてる時は効果があるから、試してみて』

天使のアイムが、このアイテムの効果を勘違いさせて騙したことは、今思い出してもはらわたが煮

えくり返る。

だが、悪いのはアイテムであって、アイテムではない。

結希の言葉を信じて、真生は夢見の滴の封を切った。すると途端に、花のようなアロマとともに、安らかな眠りが真生を包み込んだ。


夢の中で、結希明日斗は凶悪な魔物と戦っていた。

実力差は明らかで、結希が倒せる魔物ではなかった。

彼は何度も何度も殺された。

けれど、殺される度に蘇り、立ち向かい続けた。

僅かな経験が幾重にも積み重なり、結希は魔物を圧倒出来るまでに成長した。

そしてついに、真生の母を救うアイテムを入手した。

——どうして、そこまで。

いくらスキルがあるとはいえ、死が恐ろしくないはずがない。痛くないはずがない。苦しくないはずがない。

でも彼は、巨大な壁に立ち向かい続けた。

——なんでそこまで出来るの？

その疑問を、夢が教えてくれた。

彼を突き動かす衝動は、無力だった自分への激しい怒りと、力への強い意志。

そして死を乗り越え、自己超克を繰り返せたのは、天に臨むトップランカーの姿があったからだ。

その背中を見て、はっとした。

――あれは、私？

天にひしめく無数の魔物、それに挑む女性の横顔が、自分にとても似ていた。

結希は彼女を尊敬し、大天才と認めていた。

けれど、自分はどうか？

――私はあそこまで、強くなれるの？

未来のことなど、わからない。

だがもし今の自分が彼女になれなければ、きっと失望されるに違いない。

それは、とても、辛い。

――強くならなくちゃ。

もし自分が弱いままなら、彼がたった一人で天の軍勢を相手にすることになる。

それに、自分はまだ何も恩返しが出来ていない。

母を救ってくれた恩を返すために、強くならなければいけない。

――強くならなくちゃ。

誰よりも、何よりも、強くなる。

そしてお互いを高め合う仲間を集め、ギルドを作るのだ。

彼の隣に、並び立つために。

——彼女よりも遙かに強い自分に、ならなくちゃ!!

真生の意識がゆっくりと覚醒した。
体を起こすと、涙がぽろりひとしずく、頬を伝って落ちた。
その涙の温度は、母を失うことに怯えていた時とは違い、とても暖かかった。

後日談

Bランクのゲートを出てからというもの、アミィが妙に怯えていた。

明日斗としては、無駄口を叩かないのでありがたいが、前回も含めて十年以上の付き合いだ。ペラペラしゃべるアミィの口が一向に開かないとなると、それはそれで調子が狂う。

「おい、いい加減に何か言えよ」

「な、何か言って機嫌を損ねたら、オイラを殺すだろ!?」

「殺さないよ」

「殺し屋はみんなそう言うんだ!」

「誰が殺し屋だ……」

こちらから攻撃出来るとなった瞬間、態度がでかかったアミィがインパラのように怯えるとは、肝っ玉が小さすぎて涙が出る。

「あんなに天族を殺した奴が、オイラを殺さないはずがねぇ」

「お前を殺したら、ハンターの能力が消えるだろ」

「むぅ?」

「俺はこの力を失うわけにはいかないから、お前は殺さない」

「……そうかそうか。なあんだ、身構えて損したぜ!」

「いや身構えるってレベルじゃなかったぞ」

「しかしまさか、ゴミみてぇな人間が天族を殺せるとは思ってもみなかったぜ！」

「安心した途端に酷い雑言だな……」

「で、一体どんなスキルなんだ？」

「…………」

「まっ、答えたところで、あの攻撃にゃ防御も回避も意味ねぇけどな」

「そうなのか」

てっきり、スキルがバレれば何か対策が立てられると思っていたが、どうやら違うらしい。

単純に嘘をついている、というわけでもないはずだ。

なぜなら天使は嘘はつかないからだ。

「スキルってのは上位システムによって発現するが、その中身は千差万別で、オイラたちでもすべてを理解してるわけじゃねぇんだよ」

「む、そうなのか？」

「人間は物理法則をすべて理解してるのか？」

「……いや、わからないこともあるな」

「だろ？　オイラたちにとってのシステムも同じだ。特に下位世界でシステムが使われると、よりイレギュラーが発生しやすくなるんだ。オイラたちが知らないスキルが発生しても不思議じゃねぇ」

「そうなのか」

（しかし、やけに素直にしゃべるな）

『天族』やスキルシステムへの理解度、上位世界や下位世界などの単語は、これまでアミィの口から一度も耳にしたことがない。

それは前回も含めて、ネットにも掲載されたことがないものだ。

良好な関係が築けている間柄ならまだしも、同族殺しの明日斗にわざわざ新情報を提供する理由がわからない。

（一体なにを考えているんだ？）

「それはそうと、お前、気をつけろよ」

「何がだ？」

「あれだけ派手に天族を殺したんだ。情報が広まれば、お前、天使が操るハンターに狙われるぜ？」

「…………」

アミィの言葉で、明日斗の心が引き締まった。

たしかに、天族殺しの情報がゲートの中だけで完結するはずがない。

天使には独自の情報網がある。天使殺しの情報は、既に多くの天使に共有されていると思っておいた方が良いだろう。

もし天使の言葉を信じて疑わないハンターが現われたら、非常に面倒なことになる。

『自分が権利を所有するゲートに、ハウンドドッグが侵入して襲いかかってきた。明日斗はこれを無力化しながら切り抜けた』

事実はこうだが、情報を意図的に偏向させると――。

『一方的にハンターの力を奪い、同士討ちをけしかけた、悪辣なハンター』

天使は嘘は言わない。

だが、本当のことを言っているとも限らない。

詳しい情報がなく、判断のすべてを天使に任せきったハンターは、間違いなく明日斗討伐に乗り出すだろう。

「面倒なことになったな……」

神咲の一件が終わって、少し休めると思っていたのだが、どうやらそんな暇はなさそうだ。

第一次アウトブレイク時に覚醒したハンターの中には、既にSランクに手が届く者もいる。

そんなハンターが現われれば、明日斗は手も足も出ずに殺される。

たとえ〈リターン〉を何度使っても、成長出来なければ未来がない――詰んでしまう。

〈リターン〉の袋小路から抜け出す方法は一つだけ。

「もっと強くならないと」

どのような状況でも切り抜けられる力を、出来るだけ早く手に入れる。

そのためにも、明日斗は〈記憶再生〉を使い、新たなゲートに向かうのだった。

○名前：結希　明日斗（20）
レベル：43→45　天性：アサシン

ランク：C　SP：15→25
所持G：578→100198
○身体能力
筋力：65→75　体力：50→60　魔力：9→19
精神：9→19　敏捷：105→115　感覚：55→65
○スキル
・中級短剣術Lv3（6％）
・致命の一撃Lv2（64％）
・回避Lv5（13％）
・跳躍Lv4（94％）
・記憶再生Lv3（70％）
・可死の魔眼Lv2（78％）
・リターンLv2（0％）
○装備
・鉄の短剣（N）
攻撃力：5（＋2）
説明：鉄で出来た、刃渡り三十センチの剣。使いやすいが、切れ味は良くない。丁寧に使わないと簡単に破損する。初心者用にするにも、もうちょっと良い武器があったはずだ。何故これを選んだ。

・黒鋼の短剣（R）
攻撃力：24（＋9）
説明：黒い鋼で作られた短剣。初級素材を使った武器としては最高峰の攻撃力を持つ。
使用条件：初級短剣術Lv4
・風壁のリング（SR）
説明：風壁を展開出来る魔道具。使用者が魔力を吸い取って、弓矢などの攻撃を防いでくれる。使用者の魔力が尽きた場合は発動しない。

《了》

特別収録　氷血姫の背中

明日斗が神樹の朝露を使い、神咲の母親を救った後、アミィが疑いの眼差しを向けてきた。

「なあ、やっぱりおかしいぞ」

「何がだ？」

「お前の対応だよ。フツー、死ぬかもしれねぇ思いをして手に入れたレアアイテムを、他人の為にあっさり使っちまうか？　売れば大金になったかもしれねぇのにだぜ？」

死ぬかも知れないではなく、実際に何度も死んだのだが……。

そんな内心をおくびにも出さず、明日斗は口を開く。

「神咲のことについては、俺にも責任の一端はあったしな」

神咲は天使の甘言に嵌められ、失意のどん底に落ちた。

もし明日斗がもう少し早く違和感の正体に目を向けていれば、もう少しまともな未来になっていただろう。あるいは自分のせいで、氷血姫と呼ばれる未来を奪ってしまった可能性もあった。

だからこそ、明日斗は無謀にもBランクゲートに挑む決意を固めた。

それは神咲への贖罪と、未来を取り戻すために必要な挑戦だった。

「これが惚れた弱みって奴か」

「違うからッ！」

「あんまムキになって否定するな。図星だってバレるぜ」

「こいつ……」

明日斗のこめかみが、ビキビキと音を立てる。

アミィを一発殴りたいが、天使には触れられない。

（いや、触れるのか？）

百回死に戻ったことで、〈可死の魔眼〉というスキルを入手した。これにより、明日斗は天使を直接攻撃する手段を得た。

ただし、可死光を斬った相手は、今のところ必ず死んでいる。

（殴った結果死んだらシャレにならないからな……）

まさか拳で死ぬとは思えないが、万が一がある。感情に任せて攻撃するのは得策ではない。

「それはそうと、お前、あの女と面識でもあったのか？」

「――はっ⁉」

アミィの口から出て来た予想外の言葉に、明日斗は頭をハンマーで殴られた気がした。

（まさか、未来から戻ってきたんだってバレたのか⁉）

ぶわっ、と背中に冷たい汗が噴き出した。

動揺を必死に押さえ込み、口を開く。

「ど、どうしたんだよ突然」

「ただの直感だよ」

「なんだ、当てずっぽうか」

「でも、オイラの勘は当たるんだぜ」

「……」

たしかに、アミィの勘は昔から冴え渡っていた。

人間より上の存在だからか、はたまたアミィの特性なのかはわからない。

適当にお茶を濁してやり過ごしても、きっと見抜かれる。

(未来から戻ってきたってバレてないなら、誤魔化せるか……)

明日斗はしばし瞑目してから、口を開いた。

「……実は、一度だけ会ったことがある。向こうは覚えてないだろうけどな」

「へぇ。いつ会ったんだ?」

「五年前だ」

「五年ってぇと、お前は十五才か？　あの女は何歳だよ」

「さあな」

「今が十六、七才くらいなら、十一、二才くらいか？　――ハッ!?　まさかお前、その頃からあの女のことを狙って――」

「違うよッ!!」

明日斗はただ、氷血姫と呼ばれていた頃の神咲と、偶然顔を合わせただけ。恋愛感情など、抱きようがなかった。

そもそもあの出来事は、そんな雑念が入り込めるほど、生やさしい状況ではなかったのだ。

明日斗はあのとき、大勢の一般人と同じように、神咲真生に一方的に救われたのだから……。

▼　2035年某日　▲

○名前：結希　明日斗（25）
レベル：5　天性：アサシン
ランク：G　SP：0
所持G：101
○身体能力
筋力：9　体力：7　魔力：1
精神：1　敏捷：9　感覚：8
○スキル
・リターンLv1（0%）

「はあ……。やっぱ、なかなかレベルが上がらないな」

自らのステータスを見て、明日斗は深いため息を付いた。

今から五年前に覚醒して以来、ハンターとして活動してきた。にも拘わらず、序盤で躓いたせいでレベルがほとんど上がらず、ランクだってGのままだった。

ハンター歴五年で未だにGランクの者など、(明日斗を除けば)ライセンスを取得してほとんど狩りをしないペーパーハンターくらいなものだろう。

底辺でくすぶり続けているのは、明日斗が怠けているからではない。戦闘用スキルを持っていなかったせいだ。

戦闘用スキルがなければ、どこのパーティにも入れない。他の同レベルハンターと比べて、戦闘で活躍出来ないからだ。

だからもし明日斗が戦闘用スキルを一つでも持っていれば――ゲート攻略パーティに加入しやすかったはずだ――今頃もっと上位のハンターになっていたに違いない。

戦闘用スキルを入手する方法は無いわけではない。

ゴールドショップではあらゆるスキルが販売されている。ここには戦闘用のスキルも揃っている。

だが、戦闘用は値段が高い。現在所持している百ゴールド程度では、何も購入出来ない。

「せめて、このリターンってスキルが使えればなあ……」

ハンターには覚醒時に、必ず一つ以上スキルを取得する。いわゆる天賦スキルだ。

明日斗は〈リターン〉が天賦スキルだったが、これの使い方がいまだにわからない。もちろん、いろいろと使い方を試してみた。だが一つも上手くいかなかった。

「天賦スキルってのは、自然と使い方がわかるもんなんだけどな」

「じゃあなんで俺は使い方がわからないんだ?」

「さあな。お前の才能が足りねえんじゃねぇの？」

アミィが後頭部で手を組んで口笛を吹く。

なんと適当な態度であるか。明日斗専属のガイドなのに、やる気がなさ過ぎる。

「アミィ、なにか隠してるんじゃないだろうな？」

「なわけねぇだろ。もし情報を隠してたとして、オイラになんの得があるってんだよ？」

「それは……」

「戦うチャンスがねぇ最弱ハンターの背中なんて、秒で飽きるぜ？」

「うぐっ」

「情報を隠してこんな退屈な思いをするくらいなら、さっさと教えてるっての」

「それもそうか」

アミィに嘯いている様子は見られない。本当にリターンについての情報を持っていないようだ。

天使はハンターが使用するシステムについて、深い知識を持っている。その天使が知らないとなると、特別なスキルか、バグスキルのどちらかだ。

（前者であってほしいんだけどな……）

どう足掻いたところで使えないので、後者である可能性が非常に高い。

「ほんと、どうやったら使えるんだよ……」

「さあな。いっぺん死んでみたらどうだ？　案外、スキルが発動するかもしれねぇぜ？」

「勘弁してくれ。発動しなかったら無駄死にだろ」

「ケケケ！」

無駄口を叩きながら、高架下を歩いている時だった。

「……ん？」

ふと違和感を覚え足を止めた次の瞬間、バチッと放電したような音とともに、目の前の空間が丸く割れた。

「おいおい、まさかこれは――」

「――ゲートだ‼」

明日斗の鼓動が一気に上昇する。

ゲートの出現を目撃したのは、第三次アウトブレイク以来だ。通常のゲートとなると、初めての経験である。

出現したゲートは、人が二人通れるくらいの、小さなサイズで安定した。

「俺にもやっとツキが回ってきたか！」

興奮しながらも、明日斗は画面が割れたスマホを取り出し、ハンター協会に一報を入れた。

これで、このゲートの権利は自分のものだ。これから攻略しようが、売却してお金に換えようが、明日斗の自由である。

「お金に換えれば、装備が更新出来るな」

「いやいや、サイズからいって、Gランクそこそこのゲートだぜ？　武器をアップグレードする金にすらならねぇよ」

「ぐ……それもそうか」

現在使っている武器は、覚醒した日にアミィが薦めてくれたものだ。千ゴールドとかなり値が張ったが、五年経った今も現役で使えるほど、攻撃力と耐久力が優れている。これに変わる武器となると、最低でも数十万円は用意しなければなるまい。

Gランクゲートの相場は五万円から十万円。このゲートを売却しただけでは到底手が出ない。

「やっぱり、自分で攻略した方がいいのか……」

「そうこなくっちゃ！」

歓喜の声を上げるアミィとは反対に、明日斗はあまり気乗りはしていなかった。

というのも、最低ランクのゲートですら、自分の力だけで攻略する自信がないからだ。

一人で攻略出来なければ、他のハンターを集めればいい。それなら攻略も安定するし、経験値もある程度得られる。

だが、攻略するハンターが増えれば増えるほど、得られる経験値やお金が減ってしまう。

(やっぱり、ゲートを売った方が儲かるんじゃないか？)

しばし黙考した明日斗は――これまでまともな狩りが出来なかったこともあり――経験値が最も得られるソロ攻略に挑む道を選んだ。

無論、自分の力だけで完璧に攻略出来るなどと、思い上がってはいない。万が一を見越して保険をかけることにした。

「二日後にまだゲートが残っていたら、救援部隊の出動をお願いします」

救援部隊の出動は、最近になって出来た制度だ。新規ハンターがゲート攻略に失敗し、ゲートがブレイクする事態が多発した。これを防ぐための保険として、ハンター協会認定の救出部隊が、個人所有のゲートに合法的に突入出来るようになった。

これによりゲートに入る冒険者は毎回、攻略リミットの設定を行わなければならなくなったのだ。

今回明日斗が設定したリミットは、一般的な期限よりも相当短い。

(これで何かあっても、二日間逃げ切れば救援が来る)

ゲートの攻略に、絶対はない。ハンターとして生き残りたいなら、保険をかけておくにこしたことはない。

すべての準備を整えた後、明日斗は単身ゲートに足を踏み入れた。

「……えっ」

「おっと、こりゃ……予想外だな」

「一体、どうなってんだ?」

明日斗が足を踏み入れた先は、広大な森が広がっていた。

通常、下位ゲートは洞窟タイプと決まっている。にも拘わらず、ゲートの中に森が広がっているということは——。

「変異ゲートか」

明日斗は血を吐くようにつぶやいた。

変異ゲートは、ごく希に発生する『見た目と中身の難易度が違うゲート』だ。発生率は一万分の一とも、十万分の一とも言われる。

その超低確率ゲートに、初めての自前ゲートで当たるとは、相当運が悪い。

「なあなあ、誰のところにツキが回ってきたって？」

「うるさい」

「やれやれだな。……おっ、早速お客さんだぜ」

アミィの言葉とほぼ同時に、繁茂した草から魔物が飛び出した。

それは、体長一メートルほどの猿型の魔物だった。

「一体だけなら丁度いい。試しにひと当てしてみるか」

慌てて剣の束に手をかけた時、アミィが珍しく逼迫した声で叫んだ。

「ありゃお前の実力じゃ無理だぞ！」

「えっ？」

「何やってんだ！　早く退け！」

次の瞬間、猿が右腕を大きく振るった。

まだ猿の間合いには入っていない。しかし明日斗は反射的に頭を下げた。

次の瞬間、

――ブォン!!

明日斗の頭上を、死神が音を立てて通り過ぎた。

「なっ!?」

猿の腕が三メートル以上伸びた。

まるで想像も付かない攻撃だった。もし頭を下げていなかったら、今頃頭が爆ぜてミンチになっていたに違いない。

もしもの光景を想像し、明日斗の背筋が粟だった。

「馬鹿野郎ッ！　逃げろ逃げろ!!」

アミィの怒声で、やっと明日斗の危機感が動き出した。

レベリングのことなどすっかり忘れて、必死に魔物から逃げ出した。

「あの魔物、一体なんなんだよッ」

「あれはEランクの、ルーバーモンキーだな。一体一体の実力は大したことないが――」

「あれで、実力は大したことないって!?　めちゃくちゃ強いだろ!!」

「テメェが雑魚だから強く見えんだよ」

「ぐっ……」

「で、能力はEランクとしては見劣りするが、敵を見つけると仲間を呼んで、しつこく付け狙う習性がある。これが厄介で、Eランク相当とされてるな」

森の中に、キーキーと鳴き声が響き渡る。

「ああ……」と明日斗は息を漏らした。「これは、手遅れかな」

「テメェの命運も尽きたな。せいぜいゴキブリみてぇに足掻け足掻け」

「くそっ、ここぞとばかりに煽りやがって……」

自分が弱いのは事実だ。悔しさに奥歯をかみしめる。

後ろから、ルーバーモンキーが追跡してくる音が聞こえる。それもかなりの数だ。

「これはまずい……」

今の明日斗に、Eランク相当の魔物の群れを振り切る能力はない。

「アミィ。この状況を切り抜けるスキルはないか!?」

「んなもんねぇよ」

「使えねぇ！」

「言ったな!?　オイラにだって、出来ることと出来ないことってのが――あ、いや、待てよ。おい、今手持ちのゴールドはどれくらいだ？」

「百ゴールドだ！」

「クソッ、少ねぇなッ!!　せめて千ゴールドくらいあればマシな提案も出来たのによッ!!」

「仕方ないだろ、底辺なんだから!!　で、何かないのか!?」

「0120078番だ。もうテメェにはそれしかねぇ」

「0120078番……0120078番……」

ゴールドショップを開き、アミィが指示したスキルを探す。

百ゴールドぴったりのそれを発見し購入、即座に使用した。

>>〈逃げ足〉を取得しました。

〇逃げ足Lv1（0%）
説明：『逃げるが勝ち』とはよく言うが、やっぱり逃亡は恥ずかしいし、情けない。これほど不名誉なスキルはない。
お前はなにから逃げ出したい？　受験勉強か、現実か、それとも——人生か？

「魔物だよッ!!　なんだこの説明は!!」

恥ずかしいとか情けないとか、不名誉とか。何故百ゴールドも払って馬鹿にされなければならないのか……。

しかし、おかげで多少は逃げ足が速くなった。

先ほどまでは猛烈な勢いで魔物に接近されていたが、今ではつかず離れずを保てている。あと少しスキルが育てば、引き離せるようになるだろう。

とはいえ、問題はまだ残っている。

「はあ……はあ……ッ!!」

「多少は面白くなってきたな。さぁて、テメェの体力がどこまで続くか、高みの見物といくか」

「お前の、体力を、俺によこせ」

「無理無理無理。ケケケ！」

嗤いながら、アミィが上から見下してくる。本当に性格が悪い。だがその態度が、明日斗に火を付けた。

何年も無為に地べたを這いずっていたのは、努力を怠ったからではないし、不真面目だからでもない。

それを、見せつけてやる！

「その目をかっぽじってよく見とけ。底辺には、底辺なりの生き様ってもんがあるってなッ！」

「威勢のいい台詞吐いてるけどよ、お前、逃走してんだぜ？　格好わりぃ」

「うるさい黙ってろ！」

そこから、明日斗は全力で逃げ続けた。

体力が底を付いても、気合いで体を動かし続けた。

＞逃げ足Lv1（0％→50％）

ハンターになってからの五年間。明日斗は誰よりも努力をしてきた。

日雇い労働で日銭を稼ぎながら、ハンターとしての基礎鍛錬をして、時間が余ったら共用ダンジョンで狩りをした。

睡眠時間を削りに削って、ふらふらになりながらも今日まで生きてきた。

――根性なら、誰にも負けない自負がある。

「うおおおおお!!」

挫けそうになる体に、雄叫びで気合いを入れる。

〉〉**逃げ足Lv1→2（50%→32%）**

次第に魔物を引き離せるようになった。多少余裕が生まれ、呼吸を整える。

すると魔物が手段を変えた。直線的に追ってくるのではなく、こちらの逃げる先を見越して待ち構えるようになった。

気配を察知するスキルもなければ、感覚のステータス値も低い。そんな明日斗は、待ち伏せ作戦にまんまとはまった。

「ぐおぉ!!」

「おお、今のは危なかったな。紙一重で回避だ!」

「くそっ、死ぬかと思ったッ!!」

悪態を吐きながら、即座に逃走を再開する。

〉〉**逃げ足Lv2→3（32%→18%）**

二ランクも格上の魔物を相手に、明日斗はもう何時間も逃げ続けている。

その間、ピンチは何度も訪れた。その度に、『死んでたまるか！』と根性で死線を乗り越えた。

だが、それもいつまで続くかわからない。相手の魔物は明日斗の遙か格上なのだ。明日斗は意識して相手の攻撃を躱せるわけではない以上、いつかは必ず殺される。

死の恐怖と戦いながら、ひたすらに明日斗は逃げ続けた。

「ここまで来ると、マジで尊敬するぜ」

ゲートに入ってから一日以上が経過した頃、アミィが真顔でそう言った。

「それは……重畳……」

「ここまで格上の魔物を引っかき回せる奴が、なんでGランクのままなんだよ」

「それは、俺が、聞きたいね」

丸一日逃げ回った結果、ゲートの中にいる魔物のすべてが警戒体制になっていた。

現在は敵の追跡が一旦途切れたことで、小休止を取っている。体力の限界をとうに超えていたので、休憩時間が有り難い。

一度腰を下ろすと、絶対に立ち上がれなくなる。そのため、明日斗は木に背中を預けた体勢で、呼吸を整えていた。

走り続けたせいで、靴底が剥がれてしまっていた。使用しているのがただのスニーカーなので無理もない。

足は棒を通り越して感覚がない。体中が汗でベタベタだ。水分が足りなくて、頭がくらくらする。呼吸を激しく繰り返した喉は、腫れて痛んで息が苦しい。

「ああ……水をたらふく飲みたい」

「ゴールドショップには水があるんだがな」

「買えない水を、あるとは言わない」

いつもは気分が落ち着く無駄口も、今は何の薬にもならない。

ただただ、疲れた。

十分頑張った。もう、休んでもいいんじゃないか？　そんな甘い誘惑が脳から離れない。

（せめて、魔物を一体ずつでも倒せる力があれば……）

このような状況でも、いつかは打開出来たはずだ。

反撃のチャンスすらない、自分の非力さが、情けない。

「お、おい明日斗ッ!!」

「ああ、わかってる」

アミィが声を上げる前から、明日斗は気づいていた。

「……おかしいとは思ったさ」

そもそも、あれだけ執拗に明日斗を追い続けた魔物が、何故突然追跡を止めたのか？

逃げ続ける明日斗に根負けした――というわけではない。

このルーバーモンキーは、知恵が回る。行く先々で待ち構えても、獲物を捕まえられないと気づいた彼らは、新たな作戦に打って出た。

――獲物が足を止めた頃を見計らい、静かに忍び寄って全員で一斉に飛びかかる。

明日斗の周りには、興奮して目が赤くなったルーバーモンキーの群れが集まっていた。一瞬で見回したが、抜け道はない。レベルが上がった〈逃げ足〉でも、打つ手無しだ。

「あーあ。一巻の終わりだな」

「さあ……それはどうかな」

「強がんなよ。お前はこの状況を打開出来るような奴じゃねぇだろ」

「生憎、俺は諦めが悪くてな。死ぬまで諦めるつもりはない」

「ああそうかい。じゃあ、さよならは言わないぜ」

「さよならなんて、どう転んでも言わないだろ」

「ケケケ！」

意味の無い掛け合いも、これで最後か。

己の最後を意識した、次の瞬間だった。

ガラスが割れるような甲高い音が、空から響いた。

風が流れたと思った刹那、目の前に一人の女性が出現した。

「間に合いましたね」

「あ……」

その姿を、明日斗はよくよく知っている。

テレビでもネットでも、この女性の顔を見ない日はないというくらい、現在の日本において最も重要なハンターの一人だ。

その名を、神咲真生――人呼んで〝氷血姫〟。

「消えろ――大太刀〝紅輪花《こうりんか》〟」

鞘から抜剣すると同時に、水平に剣を振るった。

その間、コンマ一秒にもならない刹那。

明日斗の目では、剣筋を全く捉えられなかった。

しかし、結果は明らかだった。

周りを取り囲んでいたルーバーモンキーの胴体が、すべて水平に真っ二つになった。

「すごい」

その言葉しか、出てこない。

「……一撃かよ」

アミィの顔に怖れが浮かんだ。無理もない。これまで手も足も出せず、散々追い詰められた敵を、たった一撃で倒してしまったのだから。

大太刀〝紅輪花《こうりんか》〟は、ゴールドショップで販売されている剣技〝スラッシュ〟を元に、自ら発展させたスキルだと言われている。

ちなみに、スラッシュの値段はたったの五百ゴールド。決して高レベルスキルとはいえないそれを、これほどの大技に昇華させた神咲は、まさに天才と言うにふさわしいハンターである。

アミィが明日斗と神咲を見比べ、

「才能ってむごいな」

こうして、明日斗は神咲に救われ、ギリギリのところで助かったのだった。

神咲が明日斗の前に現れたのは、ゲート攻略前に設定した二日間のリミットを越えたからだ。これにより協会がゲート攻略部隊を投入。そのハンターが偶然にも、氷血姫だったというわけだ。

リミットを短く設定しておいて良かったと思うと同時に、ルーバーモンキーの魔の手から丸二日間の逃走に成功してほっと胸をなで下ろす。

ゲートを脱出したあと、明日斗は恐る恐る神咲に声をかけた。

「あの……、今日はありがとうございました。本当に助かりました」

「ん……」

しかし、彼女は振り向きもせず、短く頷いたきり立ち去ってしまった。

(目を合わせるほどの価値も無いのか……)

彼女にとって明日斗は、ゲート被害に遭った一般人程度の認識しかないはずだ。

明日斗が弱すぎるから、きっと、同じハンターとして見られていないのだ。

遙か高みに存在するハンターを間近で見ると、自分の立場を否応なく実感させられる。

(悔しい……)

ぎりっと奥歯を強く噛む。

もっと、強くなりたい。ハンターとして、世界を守る一員になりたい。

氷血姫と肩を並べて、戦いたい。その強い願いが、足を一歩前に動かした。

「――あのっ！　俺は、神咲さんの隣に立てるくらい、強いハンターになれるでしょうか」

明日斗にとって、神咲は理想のハンターだった。強く、孤高で、決して曲がらない強い芯がある。

そんな彼女と同等の力が欲しいなどとは思わない。底辺ハンターの明日斗には過ぎたる願いだ。だが、彼女の隣に立つことが許される程度――なんなら荷物持ちだっていい――ならば願ったって罰は当たるまい。

こう口にすれば、きっと他のハンターは笑うだろう。あまりに程度の低い願いに、冗談だと思うに違いない。だが、明日斗は真面目だった。他人にはちっぽけに見える悩みでも、真剣なのだ。今の状況が変えられるのなら、悪魔に己の命を捧げてもいいと考えているほどに……。

明日斗の言葉が届いたか、神咲が振り向き、ここで初めて目を合わせた。

じっと見つめ合って十秒。彼女はなにかを理解したように頷き、口を開いた。

「――必ず成れる」

「……っ！」

そう言い残して、神咲は背を向けた。

明日斗は氷血姫の背中が見えなくなるまで、拳を強く握りしめ続けた。

「オイラ、今回ばかりはお前は死んだと思ったぜ」

「ん、死ねばよかったって？」

「誰もそんなこと言ってねぇだろ。言いがかりは勘弁してくれ」

「そうか、悪かったな」

「ま、半分図星だけどな」

「おいッ！」

下らない会話をしながら、明日斗はつぶやいた。

「なあアミィ。神咲さんが、俺は強くなれるってさ。マジで、強くなれるかな……？」

「無理無理。テメェは一生底辺だよ」

「おいっ、多少は優しい台詞を吐けないのかこの駄天使は」

「真実はいつも厳しいんだよ」

「どや顔で言うな」

しかし、努力し続ければきっと、いつかは。

そんな明日斗の希望はこれより五年後――この世界の終末とともに、静かに発芽するのだった。

▽　2030年4月9日　△

〈リターン〉が死に戻りスキルであると知った今、『自分は死んでいても大丈夫だったんだから、あれほど辛い思いをする必要もなかったのでは？』と思わなくもない。

しかし、それでは天使が首都を墜とす未来が見られない。

——未だに天使を信じ続けていたかもしれない。

そうすれば、まず間違いなく明日斗は〈リターン〉の効果を、アミィに告げていただろう。

将来地球を滅ぼすアミィたちが、どのような手段に打って出るか……。下手をすれば今頃明日斗は、アミィにスキルを封印されていたかもしれない——そのような手段があるかどうかはわからないが、天使は上位存在だ。まだまだ人間の知らない力を隠していても不思議ではない。

「そう考えると、一定の意味はあったか」

「なんの話だ？」

「辛い出来事を乗り越えると、その経験がいつか自分を助けてくれるって話だ」

「ああん？　文脈がわからん」

「だろうな」

どんなに辛くても、明日斗は未来を信じて邁進する。

いつか必ず、最強のハンターになるために……。

《特別収録　氷血姫の背中／了》

あとがき

『底辺ハンターが【リターン】スキルで現代最強』をご購入してくださいました皆様、誠にありがとうございます。お久しぶりの方も、初めましての方も、ご機嫌よろしゅうございます。萩鵜アキでございます。

突然ですが私は毎回、執筆する前に小説の目標を設定します。目標といっても、どこに物語を持っていこう、主人公をどのようにしようなどというものではなく、物語全体から『私が設定した目標が感じられる』ように作りたいな、というごく個人的なものでございます。

本作ですと『努力をしても結果が出ない人が楽しめるように』というものが目標でした。――はい、私のことです。

小説を出して重版したいとかアニメ化したいとか、億万長者になってFIREしたい！　とか、欲望は尽きな（げふんげふん）どれほど努力しても、思ったような結果はなかなか得られないものですよね！　なので現実で努力しても結果に結びつかない。そんな人の、ひとときの安らぎになってほしい。この小説は、そんな思いで書き上げました！（早口）

読んでくださった方が、少しでも辛いことを忘れて楽しんで頂けたのなら幸いです。（これは本心）

さて、本書にあります紹介文を読んでくださった方ならおわかりかと思いますが、私はこっそり正式なお茶人（「宗○」といったお茶名が付くこと）になりました。お茶を始めてから二年足らずでここまで来られるとは、始めた頃には想像も付きませんでした。というのも、私は雅な世界からはほど遠く、おまけに不器用の先頭をひた走るような人間だからです。内心、上手くいくとは思えなかったのですが、やってみたら案外最悪ではなさそうだな、ということに気付かされました。

小説もそうです。元々文字を読むことが得意ではなかったのですが、心機一転小説を読み、書いてみたら案外最悪ではなく、なんだかんだあって小説を出版させて頂けるまでになりました。自分のことって、思った以上になにもわからないものなのですね。

何が言いたいかと言うと、『勝手な思い込みが自分の可能性を狭めているかもしれない』ということです。もし皆さんが『どうせ自分には無理だろう』と思って諦めていることでも、実際にやってみてはいかがでしょうか？『なんだか思っていたより出来るぞ？』となる可能性は、大いにあると私は思います。

最後に謝辞を。本作に声をかけてくださいました編集H様、難しい状況でも引き受けてくださいましたイラストレーターのgunkan様。他たくさんの関係者の皆様、本当にありがとうございます！

そして本書を購入してくださいました貴方へ、最上級の感謝を……。

『底辺ハンター』コミックスも（本当に素晴らしいので！）どうぞ宜しくお願いいたします。

それでは皆様、来年もまたお会いいたしましょう。

萩鵜アキ

SEEKERS
DUNGEON
SEEKERS
DUNGEON SEEKERS
PRESENTED BY NANASHINO KOSEI
ILLUSTRATION BY FUYUNO YUKI
VOLUME ONE
七篠康晴
イラスト 冬野ユウキ
~スマホアプリからはじまる現代ダンジョン制圧録~
ダンジョンシーカーズ
DUNGEON SEEKERS
VOLUME ONE
1~2巻発売中!
START DOWNLOADING
DUNGEON
SEEKERS
PUBLISHED BY HIFUMISHOBO
©Kosei Nanashino

バッド PRESENTED BY BAD
揚 茄子央 ILLUSTRATION BY AGE NASUO
アースウィズダンジョン
~固有スキル《等価交換ストア》を駆使して
世界救済を目指します~
EARTH WITH DUNGEON
VOLUME ONE
スキルを駆使して ダンジョン経済《けいざい》を牛耳《ぎゅうじ》り、
終末世界《しゅうまつせかい》を救《すく》え!
1〜2巻発売中!
©BAD

唯一無二の最強テイマー
～国の全てのギルドで門前払いされたから、他国に行ってスローライフします～
原作：赤金武蔵　漫画：田村紘一
キャラクター原案：LLLthika
異世界還りのおっさんは終末世界で無双する
原作：羽々音色　漫画：ダンタガワ
ジャガイモ農家の村娘、剣神と謳われるまで。
原作：有郷　葉　漫画：たぢまよしかづ
キャラクター原案：黒兎ゆう

転生貴族の異世界冒険録
～カインのやりすぎギルド日記～
原作：夜州
漫画：香本セトラ
キャラクター原案：藻
レベル1の最強賢者
原作：木塚麻弥
漫画：かん奈
キャラクター原案：水季
我輩は猫魔導師である
原作：猫神信仰研究会
漫画：三國大和
キャラクター原案：ハム

捨てられ騎士の逆転記！
原作：和田 真尚
漫画：絢瀬あとり
キャラクター原案：オウカ
身体を奪われたわたしと、
魔導師のパパ
原作：池中織奈
漫画：みやのより
キャラクター原案：まろ
バートレット英雄譚
原作：上谷岩清
漫画：三國大和
キャラクター原案：桧野ひなこ
コミックポルカ
COMICPOLCA
話題のコミカライズ作品を続々掲載中！
毎週金曜更新
公式サイト
https://www.123hon.com/polca/
Twitter
https://twitter.com/comic_polca
コミックポルカ
検索

底辺ハンターが【リターン】スキルで現代最強 1
～前世の知識と死に戻りを駆使して、人類最速レベルアップ～

発　行
2023年11月15日　初版発行

著　者
萩鵜アキ

発行人
山崎　篤

発行・発売
株式会社一二三書房
〒101-0003　東京都千代田区一ツ橋2-4-3 光文恒産ビル
03-3265-1881

印　刷
中央精版印刷株式会社

作品の感想、ファンレターをお待ちしております。
〒101-0003　東京都千代田区一ツ橋2-4-3 光文恒産ビル
株式会社一二三書房
萩鵜アキ 先生／gunkan 先生

Printed in Japan, ISBN 978-4-89199-997-1 C0093
※本書は小説投稿サイト「小説家になろう」（https://syosetu.com/）に掲載された作品を加筆修正し書籍化したものです。